109 Jahre jung – Das Geheimnis, das Gerhard von Dr. Otto Warburg erfuhr

ALEXANDER ARMIN

INHALTSVERZEICHNIS

Kapitel 1: Hohenfelds Zeitlose Geheimnisse   **4**

1.1 Gerhards ruhiges Leben im Alter   4

1.2 Erinnerungen, die die Seele nähren   6

1.3 Der erste Blick ins verborgene Tagebuch   7

Kapitel 2: Warburgs Rätsel der Zellbiologie   **11**

2.1 Entdeckung des mysteriösen Erbes   11

2.2 Warburgs revolutionäre Theorien enthüllt   13

2.3 Fragen, die das Altern herausfordern   15

Kapitel 3: Viktor Adler – Der charismatische Widersacher   **15**

3.1 Der Aufstieg des gefährlichen Antagonisten   18

3.2 Adlers Pläne zur Rückkehr der Jugend   20

3.3 Spannungen zwischen Gerhard und Adler wachsen   22

Kapitel 4: Clara Weiss – Hoffnung in der Wissenschaft   **22**

4.1 Clara, die Biologin mit Visionen   25

4.2 Gemeinsame Entdeckungen über Warburgs Wissen   27

4.3 Clara inspiriert Gerhard zu neuen Einsichten   29

Kapitel 5: Der Enkel und der Zweifel   **33**

5.1 Davids pragmatische Sicht auf das Leben   33

5.2 Konflikte zwischen Tradition und Innovation   35

5.3 Ein unerwarteter Dialog über das Altern   37

Kapitel 6: Enthüllungen, die alles verändern   **40**

6.1 Gerhard vertieft sich in das Tagebuch   40

6.2 Entdeckungen, die die Realität erschüttern   42

6.3 Warburgs Vergangenheit und ihre Bedeutung   44

Kapitel 7: Ethik im Angesicht der Wissenschaft   **47**

7.1 Moralische Fragen in der Forschung   47

7.2 Gerhards innere Konflikte über Wissen   49

7.3 Die Folgen des Eingreifens in das Leben   51

Kapitel 8: Der Wettlauf gegen die Zeit   **54**

8.1 Adlers Pläne nehmen bedrohliche Formen an   54

8.2 Gerhard und Clara schmieden einen kühnen Plan   56

8.3 Ein Wettlauf, der alles verändern könnte   58

Kapitel 9: Loyalität und die Schatten der Zweifel   **61**

9.1 Spannungen zwischen den Charakteren eskalieren   61

9.2 Clara steht vor einer folgenschweren Entscheidung   63

9.3 Gerhard konfrontiert seine tiefsten Ängste   65

Kapitel 10: Auf der Suche nach der Wahrheit   **68**

10.1 Gerhard und Clara entschlüsseln Warburgs Geheimnisse   68

10.2 Enthüllungen, die die Welt erschüttern   70

10.3 Ein unerwarteter Verbündeter tritt in Erscheinung   72

Kapitel 11: Der Preis der ewigen Jugend   **75**

11.1 Gerhard reflektiert über die Illusion der Jugend   75

11.2 Die Schattenseiten von Adlers Methoden   77

11.3 Ein Gespräch über die Natur des Alterns   79

Kapitel 12: Der Wendepunkt der Entscheidungen   **82**

12.1 Ein Ereignis, das alles verändert   82

12.2 Gerhard steht vor einer entscheidenden Wahl   84

12.3 Clara und David bieten Unterstützung   86

Kapitel 13: Konfrontation der Ideale   **89**

13.1 Gerhard trifft auf Viktor Adler   89

13.2 Ein Kampf um Wissen und Einfluss   91

13.3 Die Enthüllung von Adlers wahren Absichten   93

Kapitel 14: Rückkehr zur Natur und Heilung   **96**

14.1 Clara zeigt Gerhard alternative Heilmethoden   96

14.2 Ein neuer Blick auf Gesundheit und Altern   98

14.3 Gerhard findet Frieden in der Natur   100

Kapitel 15: Schatten der Vergangenheit konfrontieren   **103**

15.1 Gerhard stellt sich seinen Erinnerungen   103

15.2 Ein Rückblick auf verlorene Chancen   105

15.3 Erkenntnisse, die ihn stärken   107

Kapitel 16: Der letzte Versuch der Hoffnung   **110**

16.1 Gerhard und Clara setzen alles auf eine Karte   110

16.2 Ein riskantes Experiment mit Warburgs Wissen   112

16.3 Die Zeit drängt, und die Spannung steigt   114

Kapitel 17: Die Entscheidung des Lebens   **117**

17.1 Gerhard muss sich entscheiden, was er will   117

17.2 Die Konsequenzen seiner Wahl werden deutlich   119

17.3 Ein emotionaler Abschied von der Vergangenheit   121

Kapitel 18: Ein neues Verständnis des Lebens   **124**

18.1 Gerhard findet Frieden mit dem Altern   124

18.2 Lektionen über das Leben und die Jugend   124

18.3 Ausblick auf die Zukunft und neue Möglichkeiten   127

1
Hohenfelds Zeitlose Geheimnisse

1.1 Gerhards ruhiges Leben im Alter

In einer Welt, in der Erinnerungen und die Stille des Alters regierten, lebte Gerhard Lichtenfels. Eingebettet in den sanften Hügeln von Hohenfeld, wo die Zeit wie in einem Traum verharrte, war sein Alltag geprägt von Routine und friedlicher Beschaulichkeit. Mit dem ersten Licht des Morgens, das durch die Vorhänge seines kleinen Zimmers strömte, erwachte er und ließ sich vom verführerischen Duft frisch gebrühten Kaffees sanft aus seinen Träumen ziehen. Die Klänge des Lebens draußen – das Zwitschern der Vögel, das Rascheln der Blätter im Wind – umhüllten ihn wie eine vertraute Melodie, die Trost und Geborgenheit versprach.

Doch in seinem Inneren brodelte eine tiefe Sehnsucht nach mehr. Trotz seiner 109 Jahre, die er mit dem Sammeln von Erinnerungen gefüllt hatte, fühlte er sich oft wie ein Wanderer, der auf der Suche nach einem verborgenen Ziel war. Die kleinen Freuden des Lebens schätzte er: das Lächeln der Nachbarn, die frischen Blumen, die er jeden Samstag auf dem Markt erwarb, und die alten Bücher, die er in der Bibliothek durchblätterte. Doch während er diese einfachen Freuden genoss, stellte er sich auch den Fragen des Alterns und der Vergänglichkeit. Was bedeutete es, alt zu sein? War das Leben nicht mehr als eine Aneinanderreihung von Tagen, die in die Vergangenheit entschwanden?

Die idyllische Kulisse Hohenfelds stand in starkem Kontrast zu Gerhards innerer Zerrissenheit. Die malerischen Straßen, gesäumt von blühenden Bäumen und bunten Häusern, strahlten Frieden aus, doch in seinem Herzen spürte er eine subtile Melancholie. Es war, als ob die Schönheit der Natur ihn daran erinnerte, dass alles vergänglich war. Erinnerungen an geliebte Menschen, die er verloren hatte, und die verpassten Chancen schwebten wie Schatten über ihm. Diese Gedanken waren nicht immer schmerzhaft; manchmal wurden sie auch zur Quelle der Inspiration, die ihn anregte, über die Geheimnisse des Lebens nachzudenken.

Gerhard saß oft auf einer Bank im Park, umgeben von der Natur, und ließ seine Gedanken treiben. In dieser Stille konnte er die Stimmen der Vergangenheit vernehmen. Erinnerungen an seine Jugend, an die ersten Schritte seiner Kinder, an die Liebe, die ihn einst erfüllte, kehrten zurück. Diese Rückblicke glichen einem Puzzle, das er Stück für Stück zusammensetzte, um die Bedeutung seines Lebens zu begreifen. Doch je mehr er über seine Entscheidungen nachdachte, desto klarer wurde ihm, dass die Antworten, die er suchte, oft in einem Nebel aus Unsicherheit verborgen lagen.

Die Fragen, die ihn beschäftigten, wurden intensiver, als er eines Tages das geheimnisvolle Tagebuch von Dr. Otto Warburg entdeckte. Als er die vergilbten Seiten aufschlug, fühlte er sich, als würde er einen Schlüssel zu einem verborgenen Raum in seinem Geist finden. Warburgs Theorien über Zellbiologie und die Rolle von Sauerstoff bei Krankheiten eröffneten ihm neue Perspektiven, die sowohl faszinierend als auch beunruhigend waren. Diese Entdeckungen schienen ihm eine Möglichkeit zu bieten, das Altern zu verstehen und vielleicht sogar zu beeinflussen. Doch gleichzeitig wuchs in ihm die Angst vor den ethischen Dilemmata, die sich aus diesem Wissen ergeben könnten.

Gerhard wusste, dass er sich auf eine Reise begab, die weitreichende Folgen haben könnte. Während er in die Theorien eintauchte, spürte er, wie die Sehnsucht nach Wissen und die Furcht vor den Konsequenzen in ihm rangen. Diese innere Auseinandersetzung wurde zu einem zentralen Konflikt in seinem Leben. War er bereit, die Verantwortung für das Wissen zu übernehmen, das er erlangte? Und was würde es für seine Sicht auf das Leben und das Altern bedeuten?

Inmitten dieser Fragen fand Gerhard Trost in der Natur um ihn herum. Die Bäume, die im Wind schwankten, und die Blumen, die in voller Blüte standen, erinnerten ihn daran, dass das Leben trotz seiner Vergänglichkeit schön war. Vielleicht war es gerade diese Schönheit, die ihn dazu brachte, weiter nach Antworten zu suchen. Und so setzte er sich jeden Tag erneut auf die Bank im Park, bereit, die Geheimnisse des Lebens zu entschlüsseln und sich den Herausforderungen zu stellen, die vor ihm lagen.

1.2 Erinnerungen, die die Seele nähren

In der stillen Umarmung seines kleinen Zimmers, umgeben von den vertrauten Klängen des Städtchens Hohenfeld, tauchte Gerhard Lichtenfels tief in die Gewässer seiner Erinnerungen ein. Jeder zurückgerufene Augenblick klang wie ein zartes Echo, das durch die Hallen seines Geistes widerhallte. Diese Erinnerungen waren nicht bloße flüchtige Gedanken; sie waren lebendige Wesen, die ihn begleiteten und ihm halfen, die Geheimnisse seines Lebens zu entschlüsseln.

Der Tag, an dem er zum ersten Mal seine große Liebe traf, war für ihn unvergesslich. Ein sonniger Nachmittag im Frühling, die Luft durchzogen vom süßen Duft blühender Blumen. Anna, mit ihrem strahlenden Lächeln und den funkelnden Augen, hatte sein Herz im Sturm erobert. Ihre gemeinsame Zeit war geprägt von unzähligen Abenteuern und Träumen, die sie miteinander teilten. Doch wie schnell die Zeit vergeht, so verging auch ihre Liebe, als das Schicksal sie trennte. Der schmerzhafte Verlust hinterließ eine Leere in seinem Herzen, die niemals ganz gefüllt werden konnte. Diese Erinnerungen waren wie Schatten, die ihn verfolgten, ihn aber auch dazu anregten, die Bedeutung von Liebe und Verlust zu hinterfragen.

Ein weiterer prägender Moment war der Tod seines besten Freundes, der ihn mit einer Welle der Trauer überflutete. Gemeinsam hatten sie die Schulbank gedrückt, Träume geschmiedet und sich gegenseitig in schwierigen Zeiten unterstützt. Als sein Freund plötzlich starb, fühlte Gerhard, als würde ein Teil von ihm selbst sterben. Die Trauer war überwältigend, und in dieser Dunkelheit fand er sich in einem Meer von Fragen wieder: Was hätte er anders machen können? Hätte er mehr für ihn tun sollen? Diese Fragen nagten an ihm und führten zu einer tiefen Reflexion über die Zerbrechlichkeit des Lebens und die Wichtigkeit, die Menschen, die man liebt, zu schätzen.

Die Erinnerungen an seine Kindheit waren ein weiteres Kapitel in Gerhards Leben, das er oft durchblätterte. Die Unbeschwertheit und Freude der Jugend waren wie ein warmer Sonnenstrahl, der selbst die dunkelsten Tage erhellte. Er dachte an die Spiele mit seinen Geschwistern, die endlosen Sommernachmittage am Fluss und die Geschichten, die seine Großmutter ihm erzählte. Diese Momente waren kostbar und erinnerten ihn daran, dass das Leben nicht nur aus Herausforderungen besteht, sondern auch aus kleinen Freuden, die oft übersehen werden. In diesen Rückblicken fand er Trost und die Erkenntnis, dass trotz aller Verluste und Schmerzen die Schönheit des Lebens immer noch existiert.

Doch während er in diesen Erinnerungen schwelgte, spürte Gerhard auch eine wachsende Unruhe in sich. Die Entdeckung des Tagebuchs von Dr. Otto Warburg hatte einen Funken in ihm entzündet, der ihn dazu brachte, die Geheimnisse des Alterns und der Gesundheit zu hinterfragen. Die Theorien, die Warburg aufgestellt hatte, schienen wie ein Schlüssel zu den Fragen zu sein, die ihn seit Jahren quälten. Was, wenn es eine Möglichkeit gab, die Zeit zu beeinflussen? Was, wenn er die Antworten auf die Fragen finden könnte, die ihn seit so vielen Jahren begleiteten?

Die Verbindung zwischen Vergangenheit und Gegenwart wurde für Gerhard immer deutlicher. Seine Erinnerungen waren nicht nur Schatten, die ihn verfolgten; sie waren auch Wegweiser, die ihn auf seiner Suche nach Wahrheit und Verständnis leiteten. Er begann zu begreifen, dass jede Erfahrung, sei sie schmerzhaft oder freudig, ihn zu dem gemacht hatte, was er heute war. Diese Erkenntnis führte zu einem tiefen inneren Konflikt: Sollte er die Geheimnisse, die er entdeckt hatte, mit der Welt teilen, auch wenn dies bedeutete, dass er die Schatten seiner Vergangenheit erneut konfrontieren müsste?

Gerhard fühlte, wie die Last seiner Erinnerungen schwer auf seinen Schultern lag, doch gleichzeitig gab ihm die Aussicht auf neue Entdeckungen Hoffnung. Die Fragen, die in ihm aufkamen, waren nicht nur Herausforderungen, sondern auch Chancen zur Selbstreflexion und zum Wachstum. In diesem Moment der Klarheit erkannte er, dass er bereit war, sich seinen Ängsten zu stellen und die Geheimnisse, die er entdeckt hatte, zu verstehen. Diese Reise würde ihn nicht nur zu den Antworten führen, die er suchte, sondern auch zu einem tieferen Verständnis seiner selbst und der Welt um ihn herum.

1.3 Der erste Blick ins verborgene Tagebuch

In einem behaglichen Sessel versunken, ließ Gerhard Lichtenfels das Licht der untergehenden Sonne durch das Fenster strömen, das den Raum in ein warmes, goldenes Licht tauchte. In seinen Händen hielt er das Tagebuch von Dr. Otto Warburg, dessen abgenutzte Lederbindung und vergilbte Seiten ihm ein Gefühl der Ehrfurcht einflößten, als er die ersten Zeilen las. Die Worte schienen vor ihm zu tanzen wie lebendige Wesen, flüsterten Geheimnisse, die lange im Dunkeln verborgen geblieben waren.

"Die Rolle des Sauerstoffs in der Zellbiologie ist nicht nur fundamental, sondern revolutionär", las Gerhard laut vor sich hin. Seine Stimme zitterte leicht, als er die Bedeutung dieser Entdeckung begriff. Diese einfachen, aber tiefgründigen Sätze hatten das Potenzial, seine gesamte Sicht auf das Leben und das Altern zu verändern. Die Theorien, die Warburg formuliert hatte, waren nicht nur wissenschaftliche Konzepte; sie waren wie Lichtstrahlen, die in die Dunkelheit seiner bisherigen Überzeugungen drangen.

Mit jedem Wort, das er las, spürte Gerhard, wie sich ein neues Verständnis in ihm formte. Die Idee, dass Sauerstoff eine Schlüsselrolle bei Krankheiten spielte, war nicht nur faszinierend, sondern auch erschreckend. Er konnte nicht anders, als an die vielen Menschen zu denken, die er im Laufe seines Lebens verloren hatte, und die Fragen, die sich aus Warburgs Theorien ergaben, begannen, in seinem Kopf zu kreisen. Was bedeutete es, wenn man die Grundlagen des Lebens selbst in Frage stellte? Was waren die ethischen Implikationen, die mit diesem Wissen einhergingen?

Die Gedanken wirbelten in seinem Kopf, während er weiter las. "Das Streben nach Unsterblichkeit könnte die Menschheit sowohl befreien als auch verderben", hatte Warburg geschrieben. Gerhard hielt inne, um über diese Worte nachzudenken. Hatte er nicht selbst oft darüber nachgedacht, was es bedeutete, alt zu sein? War er nicht auch auf der Suche nach einem Weg, das Altern zu verstehen und vielleicht sogar zu beeinflussen? Doch je mehr er darüber nachdachte, desto mehr wurde ihm bewusst, dass die Suche nach ewiger Jugend auch gefährliche Dilemmata mit sich bringen konnte.

Er erinnerte sich an die Gespräche mit Clara, seiner treuen Freundin und Verbündeten. Ihre Überzeugung, dass natürliche Heilmethoden eine Antwort auf viele der Herausforderungen des Alterns bieten könnten, hatte ihn inspiriert. Aber jetzt, mit Warburgs Worten im Hinterkopf, stellte er sich die Frage, ob diese Überzeugungen stark genug waren, um den Herausforderungen der Wissenschaft und der menschlichen Natur standzuhalten.

Ein leises Klopfen an der Tür riss ihn aus seinen Gedanken. Es war David, sein Enkel, der mit neugierigen Augen hereinkam. "Opa, was machst du da?" fragte er und sah auf das Tagebuch in Gerhards Händen. "Ich entdecke die Geheimnisse eines großen Wissenschaftlers", antwortete Gerhard und lächelte. "Seine Theorien könnten alles verändern, was wir über das Leben wissen."

David setzte sich neben ihn und blickte auf die Seiten. "Denkst du, dass das Wissen, das du erlangst, wirklich einen Unterschied machen kann?" fragte er nachdenklich. Gerhard nickte, doch in seinem Inneren spürte er die Schwere der Verantwortung, die mit diesem Wissen einherging. "Es gibt Fragen, die ich mir stellen muss, und Antworten, die ich finden möchte", gestand er. "Aber ich fürchte mich auch vor dem, was ich entdecken könnte."

Die Vorahnung, die ihn überkam, war wie ein Schatten, der sich über seine Gedanken legte. Was, wenn die Antworten, die er suchte, nicht nur Licht, sondern auch Dunkelheit brachten? Was, wenn das Wissen, das er erlangte, nicht nur seine eigene Perspektive, sondern auch die seiner Lieben beeinflusste? Gerhard wusste, dass er an einem Wendepunkt stand, an dem jede Entscheidung weitreichende Konsequenzen haben könnte.

Als er das Tagebuch wieder aufschlug, um weiterzulesen, fühlte er, wie sich eine neue Hoffnung in ihm regte. Vielleicht war es an der Zeit, die Geheimnisse des Lebens nicht nur zu erforschen, sondern auch zu teilen. Mit einem tiefen Atemzug und einem entschlossenen Blick in die Zukunft wusste Gerhard, dass er bereit war, sich den Herausforderungen zu stellen, die vor ihm lagen. Die Reise hatte gerade erst begonnen, und die Antworten, die er suchte, würden ihn auf Wege führen, die er sich nie hätte vorstellen können.

2
Warburgs Rätsel der Zellbiologie

2.1 Entdeckung des mysteriösen Erbes

In seinem kleinen Arbeitszimmer, umgeben von hohen Bücherregalen, saß Gerhard Lichtenfels und ließ den Blick über die vergilbten Seiten des Tagebuchs von Dr. Otto Warburg gleiten. Das Licht der untergehenden Sonne strömte sanft durch das Fenster und hüllte den Raum in ein warmes, goldenes Glühen. Die Seiten waren brüchig, als ob sie die Geheimnisse einer längst vergangenen Zeit bewahren wollten. Ein Kribbeln der Aufregung durchfuhr Gerhard, während er die ersten Zeilen las. Die Worte schienen förmlich zu pulsieren, als ob sie darauf warteten, dass jemand ihre tiefere Bedeutung entschlüsselte.

Warburgs Theorien zur Zellbiologie und der Rolle des Sauerstoffs im Krankheitsprozess waren revolutionär. Fasziniert von der Vorstellung, dass die Medizin, wie sie bisher verstanden wurde, möglicherweise auf einem Fundament aus Sand gebaut war, dachte Gerhard an die vielen medizinischen Fortschritte, die er in seinem langen Leben miterlebt hatte. Doch die Idee, dass Sauerstoff eine Schlüsselrolle im Krankheitsprozess spielte, stellte alles in Frage, was er jemals für sicher gehalten hatte. Was, wenn die Antwort auf die Herausforderungen des Alterns und der Gesundheit in der Luft lag, die wir atmen?

Die Worte auf der Seite schienen sich vor seinen Augen zu bewegen, als er tiefer in die Theorien eintauchte. "Die Zellen sind nicht nur passive Empfänger von Sauerstoff", hatte Warburg geschrieben, "sondern aktive Teilnehmer an einem komplexen Spiel, das über Leben und Tod entscheidet." Gerhard spürte, wie sein Herz schneller schlug. Diese Erkenntnis war nicht nur faszinierend, sondern auch beängstigend. Wenn Warburg recht hatte, bedeutete das, dass die bestehenden medizinischen Paradigmen möglicherweise völlig falsch waren.

Er dachte an die vielen Menschen, die er im Laufe seines Lebens gekannt hatte – Freunde, Familie, Bekannte –, die an Krankheiten gelitten hatten, die die moderne Medizin nicht heilen konnte. Hatte er ihnen nicht immer gesagt, dass die Wissenschaft unfehlbar sei? Doch jetzt, da er Warburgs Gedanken las, fühlte er sich wie ein Betrüger. Was, wenn er all diese Jahre in die falsche Richtung geglaubt hatte? Was, wenn die Antworten, nach denen er suchte, direkt vor ihm lagen, verborgen in den Seiten dieses Tagebuchs?

Die Vorstellung, dass Sauerstoff eine so zentrale Rolle spielte, öffnete neue Perspektiven. Gerhard konnte sich nicht helfen, als er an die Möglichkeiten dachte, die sich daraus ergeben könnten. Könnte man Krankheiten tatsächlich verhindern oder sogar heilen, indem man den Sauerstoffhaushalt in den Zellen regulierte? Die Fragen schwirrten in seinem Kopf, und er spürte, wie seine Neugier wuchs. Doch gleichzeitig nagte auch die Angst an ihm. Was würde es bedeuten, diese Entdeckungen in die Welt hinauszutragen? Würde er bereit sein, die Konsequenzen zu tragen?

Die emotionale Intensität seiner Entdeckungen überwältigte ihn. Es war, als ob er auf etwas gestoßen war, das die Welt verändern könnte. Aber was, wenn er falsch lag? Was, wenn die Wissenschaftler, die sich mit diesen Themen beschäftigten, die Wahrheit bereits kannten und sie absichtlich geheim hielten? Gerhard wusste, dass er in ein gefährliches Terrain eindrang, und die Vorstellung, dass er möglicherweise auf etwas gestoßen war, das die Welt verändern könnte, erfüllte ihn sowohl mit Hoffnung als auch mit Furcht.

Sein Blick wanderte zum Fenster, wo die letzten Sonnenstrahlen über die Dächer von Hohenfeld fielen. In diesem Moment wurde ihm klar, dass er nicht nur für sich selbst, sondern auch für die Menschen um ihn herum Verantwortung trug. Die Fragen, die sich aus Warburgs Theorien ergaben, waren nicht nur akademischer Natur; sie hatten das Potenzial, das Leben vieler Menschen zu beeinflussen. Gerhard fühlte sich plötzlich klein und unbedeutend in Anbetracht der enormen Tragweite seiner Entdeckungen.

Er schloss das Tagebuch und lehnte sich zurück. Die Stille des Raumes umhüllte ihn, und die Gedanken rasten in seinem Kopf. Was sollte er als Nächstes tun? Sollte er seine Entdeckungen mit Clara teilen, der jungen Biologin, die an seiner Seite stand? Oder war es besser, diese Informationen für sich zu behalten, bis er mehr wusste? Die Dilemmata, die sich vor ihm auftaten, waren überwältigend. Gerhard wusste, dass er an einem Wendepunkt in seinem Leben stand, und die Entscheidungen, die er jetzt traf, würden nicht nur sein Schicksal, sondern auch das Schicksal vieler anderer bestimmen.

Mit einem tiefen Atemzug öffnete er das Tagebuch erneut und begann, die nächsten Seiten zu lesen. Die Antworten, die er suchte, waren vielleicht näher, als er dachte. Und während er sich in die Worte vertiefte, spürte er, wie die Angst langsam von einer neuen Entschlossenheit abgelöst wurde. Er war bereit, sich den Herausforderungen zu stellen, die vor ihm lagen, und die Geheimnisse zu entschlüsseln, die Warburg hinterlassen hatte.

2.2 Warburgs revolutionäre Theorien enthüllt

Am alten Holztisch, der von den Jahren gezeichnet war, breitete Gerhard das Tagebuch von Dr. Otto Warburg vor sich aus. Die vergilbten und brüchigen Seiten schienen pulsierend mit der Energie von Erkenntnissen, die das Potenzial hatten, die Welt zu verändern. Während er in die Theorien über Zellbiologie und die Rolle des Sauerstoffs bei Krankheiten eintauchte, fühlte er sich wie ein Entdecker, der eine unbekannte Welt betrat. Doch je tiefer er in die Materie vordrang, desto mehr erkannte er, dass diese Theorien nicht bloß abstrakte Konzepte waren; sie hatten direkte Auswirkungen auf das Leben der Menschen.

Gerhard begann, die praktischen Anwendungen von Warburgs Theorien zu hinterfragen. Erinnerungen an seine eigene Gesundheit, die in den letzten Jahren durch verschiedene Krankheiten beeinträchtigt worden war, kamen ihm in den Sinn. "Könnte es wirklich sein, dass die Art und Weise, wie wir atmen, unsere Gesundheit so stark beeinflusst?" fragte er sich. Diese Frage nagte an ihm, während er an seine Angehörigen dachte, die im Laufe der Jahre ebenfalls mit gesundheitlichen Problemen zu kämpfen hatten. Der Gedanke, dass er möglicherweise einen Schlüssel zur Verbesserung ihrer Lebensqualität in den Händen hielt, erfüllte ihn mit einer Mischung aus Hoffnung und Angst.

Die innere Auseinandersetzung, die in Gerhard tobte, war tiefgreifend. Er fragte sich, ob er bereit war, die Konsequenzen des Wissens zu tragen. War es seine Verantwortung, die Erkenntnisse, die er aus Warburgs Tagebuch gewonnen hatte, mit anderen zu teilen? Oder sollte er die Informationen für sich behalten, um nicht in die moralischen Dilemmata verwickelt zu werden, die mit dem Wissen um die Macht der Wissenschaft einhergingen? Die ethischen Fragen, die sich aus Warburgs Theorien ergaben, schienen endlos und ließen Gerhard nicht los.

"Was ist der Preis des Wissens?" murmelte er leise und blickte aus dem Fenster auf die ruhige Straße von Hohenfeld. Die Idylle des kleinen Städtchens stand in krassem Gegensatz zu den inneren Turbulenzen, die in ihm tobten. Gerhard wusste, dass er nicht nur um sein eigenes Wohl kämpfte, sondern auch um das Wohl seiner Familie und Freunde. Die Vorstellung, dass er möglicherweise die Möglichkeit hatte, das Altern zu verstehen und vielleicht sogar zu beeinflussen, war verlockend, aber auch beängstigend.

Seine Gedanken wanderten zu seiner verstorbenen Frau, die zeitlebens unter gesundheitlichen Problemen gelitten hatte. Hätte er ihr helfen können, wenn er früher von Warburgs Theorien gewusst hätte? Diese quälenden Fragen beschäftigten ihn, während er versuchte, die Kluft zwischen Wissen und Handeln zu überbrücken. Die Vorstellung, dass er möglicherweise in der Lage gewesen wäre, ihre Schmerzen zu lindern, ließ ihn nicht los. Es war, als wäre er in einem Netz aus Schuld und Bedauern gefangen, das ihn daran hinderte, klar zu denken.

Gerhard spürte, wie die Emotionen in ihm hochkochten. Die Erinnerungen an die schmerzhaften Momente seines Lebens vermischten sich mit der neu gewonnenen Erkenntnis, dass er vielleicht die Fähigkeit hatte, das Schicksal anderer zu beeinflussen. Doch was, wenn er falsch lag? Was, wenn seine Entdeckungen mehr Schaden als Nutzen anrichteten? Diese Fragen schwirrten in seinem Kopf, während er die Seiten des Tagebuchs umblätterte und die wissenschaftlichen Konzepte vor ihm betrachtete.

Er wusste, dass er sich entscheiden musste. Die Theorien von Warburg boten ihm nicht nur einen Einblick in die Mechanismen des Lebens, sondern auch die Möglichkeit, sich mit den grundlegenden Fragen des menschlichen Daseins auseinanderzusetzen. "Was bedeutet es, gesund zu sein? Was bedeutet es, alt zu werden?" Diese Fragen waren nicht nur akademischer Natur; sie berührten das Herz seiner Existenz und die seiner Angehörigen.

Gerhard schloss die Augen und atmete tief ein. Er spürte, wie die Luft seine Lungen füllte, und dachte an die Bedeutung jedes Atemzugs. Warburgs Theorien waren mehr als nur Worte auf Papier; sie waren ein Aufruf zum Handeln, eine Einladung, die Verantwortung für das eigene Leben und das Leben anderer zu übernehmen. Doch war er bereit, diesen Schritt zu wagen? Die Unsicherheit nagte an ihm, während er sich den Herausforderungen stellte, die vor ihm lagen.

Mit einem entschlossenen Blick öffnete Gerhard das Tagebuch erneut. Er wusste, dass er die Antworten finden musste, nicht nur für sich selbst, sondern auch für die Menschen, die ihm am Herzen lagen. Die Reise hatte gerade erst begonnen, und er war bereit, sich den Fragen zu stellen, die sein Leben für immer verändern könnten.

2.3 Fragen, die das Altern herausfordern

In seinem kleinen, behaglichen Arbeitszimmer saß Gerhard, während das sanfte Licht der untergehenden Sonne durch das Fenster strömte und den Raum in ein warmes, goldenes Glühen hüllte. Vor ihm lag das Tagebuch von Dr. Otto Warburg, dessen Seiten mit Geheimnissen und Erkenntnissen gefüllt waren, die ihn unweigerlich in ihren Bann zogen. Doch je tiefer er in die Worte eintauchte, desto mehr quälten ihn Fragen über das Altern und die Essenz des Lebens. Warburgs Theorien schienen ihm einen Schlüssel zu bieten, um das Altern zu begreifen und möglicherweise sogar zu beeinflussen. Doch mit jedem Gedanken, der in ihm aufstieg, spürte er das Gewicht der Verantwortung, das auf seinen Schultern lastete.

"Was bedeutet es wirklich, jung zu sein?" murmelte er leise, während seine Finger über die vergilbten Seiten glitten. Die Worte von Warburg schienen ihn zu rufen, doch sie trugen auch eine düstere Warnung in sich. Der Gedanke, dass das Streben nach ewiger Jugend nicht nur persönliche, sondern auch ethische Dilemmata mit sich bringen könnte, ließ ihn nicht los. Gerhard erinnerte sich an die Geschichten seiner Vorfahren, die das Altern als einen natürlichen Teil des Lebens akzeptiert hatten. Sie hatten gelernt, die Vergänglichkeit zu schätzen, während er nun vor der Versuchung stand, diese Weisheit in Frage zu stellen.

Sein Blick wanderte zum Fenster, wo die Schatten der Bäume im Abendlicht tanzten. "Ist es wirklich möglich, die Zeit zu besiegen?" fragte er sich. Der Drang, die Geheimnisse des Alterns zu entschlüsseln, war stark, doch die Vorstellung, in den natürlichen Lauf des Lebens einzugreifen, erfüllte ihn mit Besorgnis. Was würde geschehen, wenn er und andere die Macht hätten, das Altern zu manipulieren? Wäre das nicht ein Eingriff in die Ordnung der Dinge, die über Jahrhunderte hinweg existiert hatte?

Die ethischen Fragen, die sich aus Warburgs Theorien ergaben, waren komplex und vielschichtig. Gerhard spürte, wie sich ein innerer Konflikt in ihm regte. Er wollte die Antworten finden, die er suchte, doch gleichzeitig fürchtete er die Konsequenzen seines Wissens. Die Möglichkeit, die Jugend zurückzugewinnen, klang verlockend, aber was wäre der Preis dafür? Hätte er das Recht, das Altern zu negieren, wenn es bedeutete, die natürliche Balance des Lebens zu stören?

Gerhard dachte an Clara, die junge Biologin, die ihn inspiriert hatte, neue Perspektiven zu entdecken. Ihre Überzeugungen über die Kraft der natürlichen Heilmethoden standen im Kontrast zu den wissenschaftlichen Ansätzen, die er nun in Warburgs Tagebuch entdeckte. Clara hatte ihm oft gesagt, dass das Altern nicht nur ein biologischer Prozess sei, sondern auch eine Reise voller Erfahrungen und Lektionen. Ihre Worte hallten in seinem Kopf wider, während er über die Möglichkeiten nachdachte, die sich ihm boten.

"Ich muss meine eigenen Werte und Überzeugungen hinterfragen", dachte er und spürte, wie die Dringlichkeit seiner Situation zunahm. Je mehr er über Warburgs Theorien nachdachte, desto klarer wurde ihm, dass er sich auf eine Reise begab, die weitreichende Folgen haben könnte. Die Fragen, die er sich stellte, waren nicht nur philosophischer Natur; sie berührten das Herz seiner Existenz und die Zukunft der Menschheit.

Gerhard fühlte sich hin- und hergerissen zwischen dem Wunsch, das Geheimnis des Alterns zu entschlüsseln, und der Verantwortung, die damit einherging. In diesem Moment der Reflexion wurde ihm bewusst, dass die Suche nach Wahrheit nicht nur eine intellektuelle Herausforderung war, sondern auch eine moralische. Er wusste, dass er sich entscheiden musste, wie er mit dem Wissen umgehen wollte, das ihm Warburgs Tagebuch offenbarte.

Mit einem tiefen Atemzug schloss Gerhard das Tagebuch und legte es behutsam auf den Tisch. Die Entscheidung, die vor ihm lag, war nicht einfach. Doch er wusste, dass er nicht allein war. Clara und David würden ihn unterstützen, während er diesen Weg beschritt. Gemeinsam würden sie die Herausforderungen meistern, die sich ihnen stellten, und die Fragen beantworten, die das Altern aufwarfen.

Ein Gefühl der Entschlossenheit durchströmte ihn. Gerhard wusste, dass er sich auf eine Reise begeben würde, die nicht nur sein eigenes Leben, sondern auch das Leben vieler anderer beeinflussen könnte. Und während die Sonne hinter den Hügeln verschwand, spürte er, dass er bereit war, sich den Herausforderungen zu stellen, die vor ihm lagen. Die Dunkelheit der Nacht brach herein, doch in seinem Herzen brannte ein Licht der Hoffnung - ein Licht, das ihn auf seinem Weg begleiten würde.

3
Viktor Adler – Der charismatische Widersacher

3.1 Der Aufstieg des gefährlichen Antagonisten

In der kühlen, gedämpften Atmosphäre des Hohenfelder Forschungszentrums erstrahlte Viktor Adler wie ein leuchtender Stern, dessen Strahlen die Schatten der Unsicherheit durchdrangen. Sein Charisma war unbestreitbar; wenn er sprach, schien die Luft um ihn herum zu pulsieren, als ob selbst die Wände seiner Anwesenheit lauschten. Gerhard Lichtenfels, der 109-jährige Protagonist, konnte sich nicht von Adlers Präsenz abwenden, und doch nagte eine tief verwurzelte Furcht an ihm, die sich wie ein Schatten in seinem Geist festsetzte.

Adler hatte sich einen Namen gemacht, nicht nur durch seine beeindruckenden wissenschaftlichen Beiträge, sondern auch durch seine Fähigkeit, Menschen zu manipulieren. Sein Aufstieg in der Welt der Wissenschaft und Medizin war eine Mischung aus Talent und einer unbändigen Ambition, die ihn dazu trieb, alles zu tun, um seine Ziele zu erreichen. Gerhard hatte schnell erkannt, dass Adler bereit war, über Leichen zu gehen, um seine Visionen zu verwirklichen. Diese Erkenntnis weckte in ihm sowohl Respekt als auch eine tief verwurzelte Angst.

Die erste Begegnung zwischen den beiden Männern fand in einem kleinen, überfüllten Konferenzraum statt, wo Adler eine Präsentation über die neuesten Fortschritte in der Zellbiologie hielt. Seine Stimme war klar und überzeugend, und die Zuhörer hingen an seinen Lippen. "Wir stehen an der Schwelle zu einer neuen Ära der Medizin", erklärte er mit einem strahlenden Lächeln. "Die Geheimnisse des Alterns liegen in unseren Händen, und ich habe die Schlüssel dazu." Die Worte hallten in Gerhards Kopf wider, während er den Blick auf Adlers selbstbewusste Miene richtete. Er konnte die Begeisterung der Anwesenden spüren, die von Adlers Vision verzaubert waren, und doch war da ein Teil von ihm, der sich fragte, zu welchem Preis diese Entdeckungen kommen würden.

Gerhard war ein Mann der Prinzipien, geprägt von einer langen Lebensreise, die ihn gelehrt hatte, dass Wissen Verantwortung mit sich bringt. Er hatte die ethischen Dilemmata der Wissenschaft im Laufe der Jahre beobachtet und wusste, dass Adlers Methoden oft fragwürdig waren. Während Adler weiter sprach, fühlte Gerhard, wie sich ein innerer Konflikt in ihm aufbaute. Sollte er Adlers Ansichten unterstützen oder sich dem widersetzen, was er als gefährlich ansah? Die Spannung zwischen ihnen war greifbar, als ihre Blicke sich kurz trafen. In diesem Moment erkannte Gerhard, dass er nicht nur gegen einen Mann kämpfte, sondern gegen eine Ideologie, die das Potenzial hatte, die Welt zu verändern.

Adlers Pläne zur Rückkehr der Jugend waren ebenso faszinierend wie beängstigend. Er hatte die Theorien von Dr. Otto Warburg für seine eigenen Zwecke umgedeutet, und Gerhard wusste, dass dies nicht ohne Konsequenzen bleiben würde. Die Vorstellung, dass jemand wie Adler, der von Macht und Einfluss besessen war, die Geheimnisse des Alterns in die falschen Hände legen könnte, ließ Gerhard nicht los. Er war entschlossen, die Wahrheit über Warburgs Entdeckungen zu bewahren und gleichzeitig die Gefahren zu erkennen, die mit der Manipulation von Leben und Gesundheit einhergingen.

Die Dynamik zwischen Gerhard und Adler entwickelte sich schnell zu einem Spiel von Macht und Kontrolle. Gerhard fühlte sich oft wie ein Schachspieler, der gegen einen Meister antreten musste, dessen Züge er nicht vorhersagen konnte. Adler war charmant und überzeugend, aber in seinen Augen lag eine Kälte, die Gerhard nicht ignorieren konnte. Es war, als ob Adler ihn herausforderte, ihm zu folgen, während er gleichzeitig die Grenzen der Ethik und Moral überschritt.

In den folgenden Wochen intensivierten sich die Spannungen zwischen den beiden Männern. Gerhard fand sich in einem ständigen Zustand der Alarmbereitschaft wieder, als er versuchte, Adlers Bewegungen zu beobachten und seine eigenen Schritte sorgfältig zu planen. Er wusste, dass Adler nicht zögern würde, seine Methoden anzuwenden, um seine Ziele zu erreichen, und dies schürte Gerhards Furcht vor dem Unbekannten. Was würde Adler als Nächstes tun? Und wie weit würde er gehen, um seine Vision zu verwirklichen?

Gerhard spürte, dass er sich in einem Wettlauf gegen die Zeit befand. Die Geheimnisse von Warburg waren nicht nur für ihn von Bedeutung; sie könnten die gesamte medizinische Gemeinschaft revolutionieren oder ins Chaos stürzen. Während er sich in den Schatten von Adlers Ambitionen bewegte, stellte er fest, dass er nicht nur um sein eigenes Wissen kämpfte, sondern auch um die ethischen Prinzipien, die ihm immer wichtig gewesen waren. Diese Rivalität würde nicht nur seine Überzeugungen auf die Probe stellen, sondern auch die Zukunft der Wissenschaft und der Menschheit selbst.

Die ersten Funken eines Konflikts hatten bereits gezündet, und Gerhard wusste, dass er sich bald entscheiden musste, auf welcher Seite er stand. Die Fragen, die sich ihm stellten, waren nicht einfach, und die Antworten könnten weitreichende Konsequenzen haben. Mit jedem Tag, der verging, wurde die Kluft zwischen ihm und Adler größer, und die Herausforderungen, die vor ihm lagen, wurden immer bedrohlicher.

3.2 Adlers Pläne zur Rückkehr der Jugend

In seinem eleganten Büro, umgeben von einer Vielzahl an Büchern und wissenschaftlichen Zeitschriften, saß Viktor Adler tief in Gedanken versunken. Der Blick aus dem Fenster fiel auf die sanften Hügel Hohenfelds, die im warmen Licht der untergehenden Sonne schimmerten. Doch während die Landschaft in friedlicher Stille verharrte, brodelte in ihm eine unstillbare Ambition. Die Theorien von Dr. Otto Warburg hatten ihn gefesselt; sie schienen der Schlüssel zu einer neuen Ära der Menschheit zu sein – einer Zeit, in der das Altern nicht mehr als unausweichliches Schicksal betrachtet werden musste.

"Die Jugendlichkeit zurückzugewinnen", murmelte er leise, während er über die Möglichkeiten nachdachte, die Warburgs Erkenntnisse boten. "Ein revolutionärer Ansatz, der die Welt verändern könnte." In seinem Kopf formten sich bereits Pläne, wie er Warburgs Wissen nutzen konnte, um ein Serum zu entwickeln, das den natürlichen Alterungsprozess aufhalten oder sogar umkehren könnte. Die Vorstellung, das Altern zu besiegen, war verlockend, und die Macht, die damit einherging, berauschte ihn.

Doch je mehr er darüber nachdachte, desto mehr wurde ihm bewusst, dass seine Vision nicht ohne Risiken war. Gerhard Lichtenfels, der alte Mann, der durch Zufall in den Besitz von Warburgs Tagebuch gelangt war, stellte für Adler nicht nur einen Rivalen dar, sondern auch einen potenziellen Störfaktor. Gerhard hatte die Fähigkeit, die ethischen Implikationen von Adlers Plänen zu erkennen und sie laut auszusprechen. Diese Gedanken nagten an Adler, während er sich fragte, ob er bereit war, alles zu riskieren, um seine Ziele zu erreichen.

"Es ist für das Wohl der Menschheit", redete er sich ein, während er in seinem Sessel hin und her schaukelte. "Wenn ich die Jugendlichkeit zurückbringen kann, wird es unzähligen Menschen helfen. Sie werden mir danken, wenn sie wieder jung sind." Doch tief in seinem Inneren wusste er, dass die Wahrheit komplexer war. Die Frage, ob er das Recht hatte, mit dem Leben anderer zu spielen, stellte sich immer drängender. War es wirklich gerechtfertigt, das natürliche Gleichgewicht zu stören, nur um seinen eigenen Ehrgeiz zu befriedigen?

In den folgenden Tagen beobachtete Adler Gerhard aus der Ferne. Er bemerkte, wie der alte Mann oft im Park spazieren ging, umgeben von der ruhigen Schönheit der Natur. Gerhard schien in seinen Gedanken gefangen zu sein, oft mit einem nachdenklichen Ausdruck im Gesicht. Adler wusste, dass er Gerhard nicht unterschätzen durfte. Der alte Mann hatte eine tiefe Weisheit und eine bemerkenswerte Fähigkeit, die Dinge zu hinterfragen. Es war nur eine Frage der Zeit, bis Gerhard hinter Adlers wahre Absichten kommen würde.

Adler beschloss, einen Schritt weiterzugehen. Er begann, Gerhard zu beobachten, um herauszufinden, wie er ihn manipulieren konnte. Vielleicht konnte er ihn dazu bringen, seine eigenen Ideen über das Altern und die Jugendlichkeit zu hinterfragen. "Ich muss ihn überzeugen, dass meine Methoden die einzigen sind, die zählen", dachte Adler. "Wenn ich ihn auf meine Seite ziehen kann, wird er mir helfen, meine Vision zu verwirklichen."

Doch während Adler seine Pläne schmiedete, wurde ihm klar, dass er sich auf gefährlichem Terrain bewegte. Die ethischen Fragen, die sich aus seiner Ambition ergaben, wurden immer drängender. Was würde passieren, wenn er tatsächlich Erfolg hatte? Würde er die Kontrolle über die Menschen haben, die er heilen wollte? Und was wäre der Preis für diese Macht? Die Antworten auf diese Fragen waren nicht einfach, und sie nagten an ihm.

Gerhard hingegen spürte, dass etwas nicht stimmte. Er hatte Adlers Ambitionen beobachtet und fühlte, dass die Gefahren, die mit diesen Experimenten verbunden waren, weit über das hinausgingen, was die Menschen bereit waren zu akzeptieren. "Es gibt Dinge, die man nicht manipulieren sollte", dachte Gerhard oft, während er in der Stille seines Zimmers saß und über die Konsequenzen von Adlers Vorhaben nachdachte. "Die Natur hat ihren Lauf, und wir sollten nicht versuchen, sie zu ändern."

Diese inneren Konflikte führten Gerhard zu einer entscheidenden Erkenntnis: Er musste handeln, bevor es zu spät war. Die Verantwortung, die er für das Wissen trug, das er durch Warburgs Tagebuch erlangt hatte, wog schwer auf seinen Schultern. Er wusste, dass er sich nicht nur um sich selbst kümmern konnte; er musste auch für die anderen kämpfen, die möglicherweise unter Adlers Einfluss leiden würden.

"Ich werde nicht zulassen, dass Adlers Vision Wirklichkeit wird", schwor sich Gerhard, während er entschlossen seine Notizen durchging. "Ich werde die Wahrheit ans Licht bringen, egal was es kostet." Die ethischen Fragen, die sich aus Adlers Ambitionen ergaben, wurden zu einem zentralen Konflikt, der Gerhard dazu zwang, sich mit den moralischen Implikationen von Wissenschaft und Fortschritt auseinanderzusetzen. Die Zeit drängte, und die Auseinandersetzung zwischen den beiden Männern war unvermeidlich.

3.3 Spannungen zwischen Gerhard und Adler wachsen

Ein elektrisches Knistern durchzog den kleinen Raum, als Gerhard Lichtenfels Viktor Adler gegenüberstand. Die Wände schienen die leidenschaftlichen Worte der beiden Männer aufzusaugen, während die Spannung zwischen ihnen wie ein gespanntes Seil war, bereit, jeden Moment zu reißen. Gerhard, dessen Körper von den Jahren gezeichnet war, fühlte sich in diesem Augenblick lebendiger denn je. Es war nicht nur sein Wissen, das auf dem Spiel stand, sondern auch die ethischen Prinzipien, die ihm über Jahrzehnte hinweg wichtig gewesen waren.

"Sie verstehen nicht, was Sie da anrichten, Adler", begann Gerhard, seine Stimme fest und klar, obwohl er die Erschöpfung in seinen Gliedern spürte. "Das, was Sie mit Warburgs Theorien vorhaben, ist nicht nur gefährlich, es ist unmoralisch." Seine Augen funkelten vor Entschlossenheit, während er den jüngeren Mann anstarrte, dessen charismatische Ausstrahlung ihn immer wieder in den Bann gezogen hatte. Doch heute war es anders. Heute war er bereit, sich zu wehren.

Adler lächelte spöttisch, seine grünen Augen blitzten vor Überlegenheit. "Moral? Ethik? Das sind Begriffe, die in der Wissenschaft nichts zu suchen haben, Gerhard. Wissen ist Macht, und ich werde nicht zulassen, dass Ihre veralteten Ansichten mir im Weg stehen." Seine Stimme war ruhig, aber die Bedrohung war unüberhörbar. Er trat einen Schritt näher, und Gerhard spürte, wie sich ein Schauer über seinen Rücken zog. Es war nicht nur eine Auseinandersetzung um Wissen; es war ein Kampf um die Zukunft.

"Sie denken, Sie können die Natur überlisten, indem Sie die Geheimnisse des Lebens manipulieren? Glauben Sie wirklich, dass das Streben nach ewiger Jugend ohne Konsequenzen bleibt?" Gerhard sprach mit einer Leidenschaft, die ihn selbst überraschte. In diesem Moment wurde ihm klar, dass er nicht nur für sich selbst kämpfte, sondern für all jene, die unter den Entscheidungen anderer leiden mussten. Die Erinnerungen an seine verstorbenen Freunde und Verwandten kamen ihm in den Sinn, die alle ihre Kämpfe mit dem Altern und der Krankheit hatten. "Es gibt einen Preis für alles, Viktor. Und ich fürchte, dass Sie bereit sind, diesen Preis zu zahlen, ohne die Folgen zu bedenken."

Adler lachte, ein kaltes, schneidendes Geräusch, das die Stille durchbrach. "Folgen? Die Menschheit hat schon immer Risiken eingegangen, um Fortschritt zu erzielen. Ich bin bereit, alles zu tun, um die Grenzen des Lebens zu überschreiten. Was ist Ihr Ziel, Gerhard? Sich mit den Schatten der Vergangenheit abzufinden oder die Zukunft zu gestalten?"

In diesem Moment wurde Gerhard klar, dass die Auseinandersetzung nicht nur intellektuell war, sondern auch emotional. Es war ein Kampf um Ideale, um das, was sie beide für richtig hielten. Gerhard spürte, wie seine Überzeugungen ihn antrieben, und er wusste, dass er nicht zurückweichen konnte. "Ich möchte die Wahrheit, Viktor. Die Wahrheit über das Leben, das Altern und die Verantwortung, die wir als Wissenschaftler tragen. Wir dürfen nicht vergessen, dass unser Wissen nicht nur uns gehört, sondern auch den Menschen, die davon betroffen sind."

Adler schüttelte den Kopf, als ob er einen lästigen Fliegenstich abwehren wollte. "Sie sind ein Träumer, Gerhard. In der Welt der Wissenschaft gibt es keinen Platz für Träumer. Nur für diejenigen, die bereit sind, die Realität zu formen."

Die Worte hallten in Gerhards Kopf wider, während er über die Unvermeidlichkeit ihrer Konfrontation nachdachte. Es war klar, dass diese Auseinandersetzung nicht nur eine Frage des Wissens war, sondern auch eine Frage der Ethik und der Menschlichkeit. "Ich werde nicht zulassen, dass Sie die Wahrheit für Ihre eigenen egoistischen Ziele missbrauchen", erklärte Gerhard mit fester Stimme. "Ich werde kämpfen, egal wie lange es dauert."

Als die beiden Männer sich in diesem Moment gegenüberstanden, war die Ungewissheit greifbar. Gerhard wusste, dass die Auseinandersetzung mit Adler unvermeidlich war, und dass er sich den Herausforderungen stellen musste, die vor ihm lagen. Es war ein Wettlauf gegen die Zeit, und die Fragen, die sich aus ihren Entdeckungen ergaben, wurden immer drängender. In seinem Herzen brannte die Entschlossenheit, nicht nur für sich selbst, sondern für alle, die an die Kraft der Wahrheit glaubten.

4
Clara Weiss – Hoffnung in der Wissenschaft

4.1 Clara, die Biologin mit Visionen

In der sanften Umarmung des kleinen Städtchens Hohenfeld, wo die Zeit wie in einem Traum verweilte, trat Clara Weiss in das bescheidene Labor ein, das Gerhard Lichtenfels als seinen Zufluchtsort auserkoren hatte. Ihre Augen leuchteten vor Leidenschaft und Entschlossenheit, während sie die Wände musterte, die mit Regalen voller Bücher und handschriftlicher Notizen geschmückt waren. Hier, umgeben von Erinnerungen und bahnbrechenden Entdeckungen, wollte sie ihre Visionen verwirklichen – eine Welt, in der natürliche Heilmethoden die konventionelle Medizin bereichern könnten.

Clara war nicht nur eine Wissenschaftlerin; sie war eine Träumerin, die fest an die heilende Kraft der Natur glaubte. Ihre Überzeugungen standen im krassen Gegensatz zu den konventionellen Ansätzen, die von Viktor Adler vertreten wurden, einem charismatischen Arzt, dessen Methoden oft als umstritten galten. Während Adler die neuesten Technologien und Medikamente propagierte, erkannte Clara in der Natur die Antwort auf viele gesundheitliche Probleme. Diese Differenzen zwischen den beiden Wissenschaftlern waren nicht nur ideologischer Natur, sondern führten auch zu Spannungen, die sich durch die gesamte medizinische Gemeinschaft zogen.

Als Clara Gerhard zum ersten Mal begegnete, spürte sie sofort eine Verbindung. Er war ein Mann, der trotz seines hohen Alters von 109 Jahren noch immer voller Lebensfreude und Neugier war. Seine Augen funkelten, als er über seine Entdeckungen sprach, und Clara wusste, dass sie mit ihm zusammenarbeiten wollte. Doch die Herausforderungen, die vor ihnen lagen, waren nicht zu unterschätzen. Gerhard war skeptisch gegenüber den alternativen Methoden, die Clara propagierte, und sie musste ihn davon überzeugen, dass es einen Platz für ihre Ansätze in der Welt der Wissenschaft gab.

"Gerhard", begann Clara eines Tages, während sie an einem Tisch voller Kräuter und Proben saßen, "ich glaube fest daran, dass wir die Antworten, die wir suchen, in der Natur finden können. Warburgs Theorien über Zellbiologie eröffnen uns neue Perspektiven, aber wir müssen auch die Kraft der natürlichen Heilmittel berücksichtigen."

Gerhard sah sie nachdenklich an. "Ich respektiere deine Leidenschaft, Clara, aber ich habe mein ganzes Leben lang gelernt, dass Wissenschaft auf Beweisen basiert. Die Natur hat ihre eigenen Gesetze, und manchmal ist es notwendig, diese zu hinterfragen, um Fortschritte zu erzielen."

Clara nickte, aber in ihrem Inneren brodelte eine Mischung aus Frustration und Entschlossenheit. "Aber genau das ist es! Wir dürfen nicht vergessen, dass die besten Lösungen oft in der Einfachheit der Natur liegen. Ich habe Patienten gesehen, die durch natürliche Heilmethoden geheilt wurden, während die traditionelle Medizin versagte. Es gibt so viel, was wir lernen können, wenn wir bereit sind, über den Tellerrand hinauszuschauen."

Die Dynamik zwischen Clara und Gerhard war geprägt von gegenseitigem Respekt, auch wenn ihre Ansichten oft aufeinanderprallten. Clara bewunderte Gerhards Weisheit und Erfahrung, während Gerhard von Claras unerschütterlichem Glauben an die Möglichkeiten der Natur inspiriert wurde. Diese Zusammenarbeit war ein Tanz zwischen Tradition und Innovation, zwischen Skepsis und Hoffnung.

Doch die Herausforderungen blieben nicht aus. Als sie tiefer in Warburgs Theorien eintauchten, wurde ihnen schnell klar, dass sie sich nicht nur gegen die Vorurteile der medizinischen Gemeinschaft behaupten mussten, sondern auch gegen die drohende Bedrohung durch Viktor Adler. Adler war ein Mann, der bereit war, alles zu tun, um seine Ziele zu erreichen, und Clara wusste, dass sie sich auf einen gefährlichen Pfad begaben.

"Wir müssen vorsichtig sein, Gerhard", warnte Clara eines Abends, als sie über Adlers Pläne diskutierten. "Er wird nicht zögern, uns zu diskreditieren, wenn er denkt, dass wir ihm im Weg stehen."

Gerhard nickte ernst. "Ich weiß, Clara. Aber wir haben etwas, das er nicht hat – die Wahrheit. Wenn wir zusammenarbeiten und unsere Ideen vereinen, können wir vielleicht die Welt verändern. Wir müssen nur den Mut haben, für das einzustehen, was wir glauben."

In diesem Moment spürte Clara eine Welle der Zuversicht. Sie wusste, dass sie gemeinsam stark waren, und dass ihre Unterschiede sie nicht trennen, sondern stärken würden. Der Weg, der vor ihnen lag, war ungewiss, aber die Aussicht auf Entdeckung und Veränderung war zu verlockend, um ihn nicht zu beschreiten. Gemeinsam würden sie die Geheimnisse von Warburg entschlüsseln und die Kraft der natürlichen Heilmethoden ins Licht rücken. Es war eine Reise, die nicht nur ihre Karrieren, sondern auch ihr Leben für immer verändern könnte.

4.2 Gemeinsame Entdeckungen über Warburgs Wissen

In einem kleinen Raum, dessen Wände von Bücherregalen gesäumt waren, fanden sich Gerhard und Clara zusammen, umgeben von der Aura des Wissens und der Neugier. Der Duft von alten Seiten vermischte sich mit dem Aroma frisch gebrühten Kaffees, während das Licht der Nachmittagssonne durch das Fenster strömte und die Staubpartikel in der Luft zum Tanzen brachte. Auf dem Tisch lag das Tagebuch von Dr. Otto Warburg, dessen vergilbte Seiten die Geheimnisse der Menschheit zu bergen schienen. Mit einem tiefen Atemzug öffnete Gerhard das Buch erneut, und Clara beugte sich vor, um die Worte zu studieren, die wie ein geheimnisvoller Schlüssel zu einer neuen Welt wirkten.

"Sieh dir das an, Gerhard", begann Clara mit leuchtenden Augen, während sie auf eine Passage deutete, die die Rolle von Sauerstoff im Krankheitsprozess thematisierte. "Warburg spricht hier von der Möglichkeit, dass viele Krankheiten durch ein Ungleichgewicht im Zellstoffwechsel verursacht werden. Das könnte bedeuten, dass wir nicht nur Symptome behandeln, sondern die Wurzel des Übels angreifen können."

Gerhard nickte, doch in seinem Inneren brodelten Zweifel. "Das klingt faszinierend, Clara, aber was ist mit den traditionellen medizinischen Konzepten? Sie haben sich über Jahrzehnte bewährt. Können wir wirklich alles in Frage stellen?" Seine Stimme war fest, doch er spürte, wie die Skepsis in ihm wuchs. Er hatte sein ganzes Leben lang an den konventionellen Methoden festgehalten, und die Vorstellung, diese zu hinterfragen, ließ ihn unruhig werden.

"Gerhard, manchmal ist es notwendig, die Grundlagen zu erschüttern, um neue Wege zu finden", erwiderte Clara sanft, ihre Stimme war einfühlsam, aber bestimmt. "Wir müssen bereit sein, unsere Überzeugungen zu hinterfragen. Warburg hat Dinge gesehen, die andere ignoriert haben. Wenn wir seine Theorien ernst nehmen, könnten wir möglicherweise Antworten finden, die uns bisher verborgen geblieben sind."

Die Diskussion entwickelte sich weiter, während sie gemeinsam die verschiedenen Theorien durchgingen. Clara stellte Fragen, die Gerhard zum Nachdenken anregten, und bald war er gefangen in einem Netz aus Möglichkeiten und Bedenken. Ihre Gespräche wurden intensiver, als sie die ethischen Implikationen von Warburgs Erkenntnissen erörterten. Was bedeutete es, wenn sie tatsächlich die Macht hätten, das Altern zu beeinflussen? Und welche Verantwortung käme mit diesem Wissen?

"Ich frage mich oft, ob wir das Recht haben, in den natürlichen Lauf des Lebens einzugreifen", gestand Gerhard, während er den Blick auf die Fensterbank richtete, wo eine kleine Pflanze in der Sonne wuchs. "Was, wenn wir mehr Schaden anrichten als Nutzen bringen?"

Clara beobachtete ihn aufmerksam. "Das ist eine berechtigte Frage, Gerhard. Aber was ist, wenn wir die Möglichkeit haben, das Leiden vieler Menschen zu lindern? Wenn wir Warburgs Erkenntnisse nutzen könnten, um Krankheiten zu heilen, die heute als unheilbar gelten? Das könnte das Leben vieler verändern."

Gerhard fühlte sich hin- und hergerissen. Clara sprach mit einer Leidenschaft, die ihn ansteckte, und gleichzeitig nagten die Zweifel an ihm. "Ich habe immer geglaubt, dass das Altern ein natürlicher Prozess ist, den wir akzeptieren müssen. Was, wenn wir versuchen, die Zeit zurückzudrehen? Was geschieht dann mit der Weisheit, die wir im Laufe der Jahre sammeln?"

"Aber Gerhard", entgegnete Clara, "ist es nicht gerade diese Weisheit, die uns lehrt, dass das Leben kostbar ist? Wenn wir die Möglichkeit haben, das Leben zu verlängern, sollten wir nicht darüber nachdenken, wie wir es sinnvoll nutzen können? Es geht nicht nur um das physische Alter, sondern auch um die Qualität des Lebens."

Die Worte hallten in Gerhards Kopf wider. Er konnte nicht leugnen, dass Clara recht hatte. Die Suche nach Wahrheit und Verständnis über das Altern war nicht nur eine intellektuelle Herausforderung, sondern auch eine tief persönliche. Er dachte an seine eigenen Erfahrungen, an die Menschen, die er verloren hatte, und an die Schmerzen, die er selbst erlitten hatte. War es nicht das Streben nach einem besseren Leben, das ihn all die Jahre motiviert hatte?

"Vielleicht hast du recht, Clara", murmelte er schließlich, während er sich wieder dem Tagebuch zuwandte. "Vielleicht ist es an der Zeit, dass ich meine Überzeugungen hinterfrage und offen für neue Ideen bin. Wenn Warburg uns tatsächlich helfen kann, die Geheimnisse des Alterns zu entschlüsseln, dann müssen wir es versuchen."

Ein Gefühl der Entschlossenheit durchströmte ihn. Diese gemeinsame Entdeckungstour würde nicht nur ihre Beziehung stärken, sondern auch seine eigene Entschlossenheit, die Wahrheit über das Altern zu finden. Er wusste, dass sie sich auf eine gefährliche Reise begaben, aber vielleicht war es genau das, was er brauchte – eine Herausforderung, die ihn dazu bringen würde, über sich selbst hinauszuwachsen.

"Lass uns weitermachen", sagte Gerhard mit neuem Elan, "lass uns Warburgs Geheimnisse entschlüsseln und herausfinden, was wir damit anfangen können." Clara lächelte, und in diesem Moment fühlte Gerhard, dass sie nicht nur Partner in der Wissenschaft waren, sondern auch in der Suche nach einem tieferen Verständnis des Lebens selbst.

4.3 Clara inspiriert Gerhard zu neuen Einsichten

Langsam senkte sich die Sonne dem Horizont entgegen und hüllte das malerische Städtchen Hohenfeld in ein warmes, goldenes Licht. Auf einer alten Bank im Park saß Gerhard, umgeben von den sanften Klängen der Natur. Die Vögel zwitscherten, während die Blätter der Bäume im leichten Wind raschelten. In diesem Moment der Stille war es Clara, die ihm gegenüber saß, ihre Augen funkelten vor Neugier und Begeisterung. Sie hatte ihm eine Frage gestellt, die wie ein kleiner Funke in seinem Geist zündete: "Was bedeutet es für dich, wirklich zu leben?"

Gerhard sah sie an, und in ihrem Blick lag eine Tiefe, die ihn ermutigte, über seine eigenen Überzeugungen nachzudenken. "Ich habe immer gedacht, dass das Leben eine Ansammlung von Erinnerungen ist", begann er, seine Stimme leise und nachdenklich. "Aber vielleicht ist es mehr als das. Vielleicht geht es darum, wie wir mit den Herausforderungen umgehen, die uns begegnen." Clara nickte zustimmend, und sie begannen, über die Bedeutung des Alterns und die Suche nach Wahrheit zu diskutieren.

"Das Altern ist nicht das Ende, Gerhard", sagte Clara mit einem Lächeln. "Es ist eine Reise, die uns lehrt, die Schönheit in den kleinen Dingen zu erkennen. Wir müssen lernen, die Fragen zu schätzen, die uns zum Nachdenken anregen." Ihre Worte hallten in Gerhards Kopf wider und öffneten Türen zu Gedanken, die er lange verschlossen gehalten hatte. Er erinnerte sich an die vielen Momente in seinem Leben, die ihn geprägt hatten, und wie oft er die Antworten auf seine Fragen gesucht hatte, ohne die richtigen Perspektiven zu finden.

"Ich habe immer geglaubt, dass Wissen Macht ist", gestand Gerhard. "Aber was ist, wenn das Streben nach Wissen uns auch von der Essenz des Lebens entfremdet? Was, wenn wir dabei vergessen, zu leben?" Clara lehnte sich näher zu ihm und ihre Augen funkelten vor Verständnis. "Wissen ist wichtig, aber es ist nicht alles. Es geht auch darum, wie wir dieses Wissen nutzen, um uns selbst und anderen zu helfen. Vielleicht sollten wir nicht nur nach Antworten suchen, sondern auch nach den Fragen, die uns wirklich bewegen."

In diesem Moment fühlte Gerhard, wie sich eine Last von seinen Schultern hob. Clara war nicht nur eine Freundin; sie war eine Quelle der Inspiration, die ihm half, seine Perspektive zu erweitern. Ihre Gespräche waren wie ein sanfter Fluss, der alte, festgefahrene Gedanken hinwegspülte und Platz für neue Einsichten schuf. Er begann zu begreifen, dass das Altern nicht nur eine biologische Realität war, sondern auch eine Chance, die Welt mit anderen Augen zu sehen.

"Clara, du hast recht", sagte er schließlich. "Ich habe so lange in der Vergangenheit gelebt, dass ich die Gegenwart aus den Augen verloren habe. Ich möchte lernen, im Hier und Jetzt zu leben, die Schönheit des Lebens zu schätzen, während ich die Geheimnisse von Warburg erforsche." Ihre Augen strahlten vor Freude, und sie legte eine Hand auf seine. "Gemeinsam können wir das tun, Gerhard. Wir sind nicht allein in dieser Suche nach Wahrheit."

Die emotionale Tiefe ihrer Beziehung wurde durch die Herausforderungen verstärkt, die sie gemeinsam bewältigen mussten. Während sie über Warburgs Theorien diskutierten, spürte Gerhard, wie sich seine Ängste allmählich in Hoffnung verwandelten. Er war nicht mehr der alte Mann, der sich in seinen Erinnerungen verlor. Er war ein Suchender, bereit, die Geheimnisse des Lebens zu entschlüsseln, unterstützt von Clara, die ihm zeigte, dass es nie zu spät war, neue Wege zu gehen.

Als die Dämmerung hereinbrach und die ersten Sterne am Himmel funkelten, fühlte Gerhard eine Welle der Zuversicht. Er wusste, dass die Herausforderungen, die vor ihm lagen, nicht einfach sein würden, aber er war bereit, sich ihnen zu stellen. Mit Clara an seiner Seite war er nicht allein. Zusammen würden sie die Geheimnisse von Warburg erforschen und die Wahrheit über das Altern entdecken. In diesem Moment, umgeben von der Schönheit der Natur und der Wärme ihrer Freundschaft, fand Gerhard einen neuen Sinn im Leben – einen Sinn, der ihn auf die bevorstehenden Abenteuer vorbereitete.

5
Der Enkel und der Zweifel

5.1 Davids pragmatische Sicht auf das Leben

Als die ersten Strahlen der Sonne über das malerische Städtchen Hohenfeld strömten, hüllten sie alles in ein warmes, goldenes Licht. Gerhard Lichtenfels saß auf der Veranda seines kleinen Hauses und beobachtete, wie die ersten Vögel des Tages über die Wiesen flogen. Trotz seiner 109 Jahre war er noch immer voller Lebensfreude, doch in den letzten Tagen hatte er oft an die Gespräche mit seinem Enkel David gedacht. David, der mit seinen frischen, pragmatischen Ansichten über das Leben und das Altern in sein Leben trat, stellte alles in Frage, was Gerhard für selbstverständlich hielt.

"Opa, warum hast du Angst vor dem Altern?", hatte David ihn neulich gefragt, während sie zusammen im Garten arbeiteten. "Es ist doch nur ein Teil des Lebens. Warum nicht einfach akzeptieren, dass wir alle älter werden?" Diese Worte hatten Gerhard tief getroffen. Er hatte nie darüber nachgedacht, dass das Altern eine Frage der Akzeptanz sein könnte. Stattdessen hatte er es immer als einen Prozess betrachtet, der mit Verlusten und Bedauern verbunden war. Davids pragmatische Sichtweise stellte die traditionellen Überzeugungen seines Großvaters auf den Kopf.

David war ein realistischer junger Mann, der die Welt mit einer frischen Perspektive betrachtete. Seine Ansichten über Gesundheit und Altern waren geprägt von einem modernen Verständnis, das sich von den veralteten Ideen seiner Vorfahren unterschied. "Gesundheit ist kein Zufall, Opa. Es ist das Ergebnis von Entscheidungen, die wir treffen. Wenn wir uns um unseren Körper kümmern und die richtigen Dinge essen, können wir das Altern hinauszögern", hatte David gesagt, während er eine Handvoll frischer Kräuter pflückte. Diese einfache, aber kraftvolle Botschaft hatte Gerhard zum Nachdenken angeregt.

Die Differenzen zwischen den beiden Männern führten zu spannenden Diskussionen, die Gerhard dazu brachten, seine eigenen Überzeugungen zu hinterfragen. "Aber David, das Altern ist unvermeidlich. Es gibt Dinge, die wir nicht kontrollieren können", hatte Gerhard geantwortet, als er versuchte, seine Sichtweise zu verteidigen. Doch David ließ sich nicht entmutigen. "Das mag sein, Opa, aber wie wir darauf reagieren, liegt in unserer Hand. Wir können die Zeit nicht zurückdrehen, aber wir können unsere Einstellung ändern."

Diese Gespräche waren nicht nur intellektuell herausfordernd, sondern auch emotional. Gerhard fühlte sich oft überfordert von der Geschwindigkeit, mit der sich die Welt um ihn herum veränderte. Die Werte, die ihm über Jahrzehnte hinweg wichtig gewesen waren, schienen plötzlich nicht mehr zu gelten. Er begann zu erkennen, dass Davids pragmatische Sichtweise nicht nur eine Herausforderung, sondern auch eine Chance für ihn war. Eine Chance, seine eigenen Ängste und Unsicherheiten zu konfrontieren.

"Was, wenn ich meine Überzeugungen ändere? Was, wenn ich das Altern nicht mehr als etwas Negatives betrachte?", dachte Gerhard bei sich. Diese Fragen waren der Beginn einer inneren Auseinandersetzung, die ihn auf eine Reise führen würde, die er sich nie hätte vorstellen können. David war mehr als nur ein Enkel; er war ein Katalysator für Gerhards Entwicklung. In den kommenden Tagen würde Gerhard versuchen, die Ratschläge seines Enkels zu beherzigen und seine Sichtweise zu erweitern.

Die Gespräche zwischen Gerhard und David wurden zu einem regelmäßigen Ritual. Oft saßen sie am Küchentisch, umgeben von alten Büchern und Notizen, während sie über Warburgs Theorien diskutierten. David stellte Fragen, die Gerhard dazu zwangen, tiefer zu denken. "Opa, was ist für dich das Wichtigste im Leben? Ist es die Gesundheit oder das Wissen?", fragte David eines Abends. Gerhard war überrascht von der Tiefe dieser Frage. Er hatte nie wirklich darüber nachgedacht, was für ihn am wichtigsten war. Das Gespräch führte zu einer leidenschaftlichen Diskussion über die Bedeutung von Wissen und Erfahrung im Vergleich zu körperlicher Gesundheit.

"Ich denke, beides ist wichtig, David. Aber das Wissen, das wir erlangen, kann uns helfen, besser zu leben", antwortete Gerhard. "Es gibt so viele Dinge, die ich im Laufe meines Lebens gelernt habe, und ich möchte, dass du diese Lektionen verstehst." David nickte zustimmend, doch er stellte auch klar: "Aber Opa, manchmal ist es wichtig, das Alte loszulassen, um Platz für das Neue zu schaffen."

Diese Gespräche führten zu einem Gefühl der Erneuerung in Gerhard. Er begann, die Herausforderungen des Alterns aus einer neuen Perspektive zu betrachten. Anstatt sich auf die physischen Einschränkungen zu konzentrieren, begann er, die Möglichkeiten zu sehen, die ihm das Leben bot. Die Gespräche mit David waren wie ein Lichtstrahl, der durch die Dunkelheit seiner Ängste brach. Gerhard spürte, dass er bereit war, sich diesen Veränderungen zu stellen und seine Überzeugungen zu hinterfragen.

In den folgenden Wochen entwickelte sich eine tiefere Verbindung zwischen Großvater und Enkel. Gerhard fand Trost in Davids pragmatischer Sichtweise und begann, seine eigenen Ängste abzubauen. Er erkannte, dass das Altern nicht das Ende, sondern ein neuer Anfang sein konnte. Und während er weiterhin über Warburgs Theorien nachdachte, wurde ihm klar, dass die Suche nach Wahrheit und Verständnis eine Reise war, die er nicht alleine antreten musste. Mit David an seiner Seite fühlte er sich bereit, die Herausforderungen des Lebens anzunehmen und die Geheimnisse des Alterns zu erforschen.

5.2 Konflikte zwischen Tradition und Innovation

Hinter den sanften Hügeln von Hohenfeld war die Sonne bereits untergegangen, als Gerhard in seinem kleinen Arbeitszimmer saß, umgeben von den vertrauten Düften alter Bücher und frischem Papier. Dieser Raum war ein Rückzugsort, ein Ort, an dem die Zeit wie in einem stillen Traum verweilte. Doch heute fühlte sich alles anders an. Die Worte seines Enkels David hallten in seinem Kopf wider, wie ein unaufhörliches Echo. "Warum kannst du nicht einfach offen für neue Ideen sein, Großvater?", hatte David gefragt, und diese Frage ließ Gerhard nicht los.

Vor ihm lag das Tagebuch von Dr. Otto Warburg, und er fühlte sich hin- und hergerissen zwischen der Welt der Traditionen, die er so lange verteidigt hatte, und den innovativen Ansätzen, die David vertrat. Gerhard war stolz auf seine Wurzeln, auf die Werte, die ihm von seinen Vorfahren vermittelt worden waren. Doch die Entdeckungen Warburgs schienen die Grundlagen seiner Überzeugungen zu erschüttern. Warburgs Theorien über Zellbiologie und die Rolle von Sauerstoff bei Krankheiten waren revolutionär, aber sie forderten auch alles heraus, was Gerhard für richtig hielt.

"Es ist nicht nur eine Frage des Glaubens, Großvater", hatte David fortgesetzt, seine Stimme voller Überzeugung. "Es geht darum, die Grenzen des Wissens zu erweitern. Wir leben in einer Zeit, in der wir die Möglichkeit haben, das Altern zu verstehen und vielleicht sogar zu beeinflussen." Diese Worte hatten Gerhard getroffen, wie ein Schlag ins Gesicht. Er hatte immer geglaubt, dass das Altern ein natürlicher Prozess war, ein Zeichen der Weisheit und des Lebens.

In den folgenden Tagen dachte Gerhard oft über Davids Worte nach. Er sah seinen Enkel, wie er mit einer Leidenschaft sprach, die Gerhard selbst in seiner Jugend empfunden hatte. David war nicht nur pragmatisch; er war auch mutig, bereit, die Konventionen zu hinterfragen, die Gerhard so sehr schätzte. Diese neue Sichtweise stellte die Beziehung zwischen Großvater und Enkel auf die Probe. Gerhard spürte, wie die Kluft zwischen ihnen wuchs, während er versuchte, sich mit den neuen Ideen auseinanderzusetzen, die David ihm präsentierte.

"Es ist nicht einfach, die eigene Sichtweise zu ändern", murmelte Gerhard eines Abends, als er allein in seinem Arbeitszimmer saß. "Ich habe mein ganzes Leben lang an diesen Überzeugungen festgehalten." Doch tief in seinem Inneren wusste er, dass Davids Ansichten nicht unbegründet waren. Er hatte das Tagebuch von Warburg gelesen und die Möglichkeiten erkannt, die sich daraus ergaben. Vielleicht war es an der Zeit, seine Traditionen zu hinterfragen und sich für das Unbekannte zu öffnen.

Als Gerhard schließlich beschloss, mit David zu sprechen, war es ein Schritt ins Ungewisse. Sie trafen sich im Park, wo die frische Luft und das Zwitschern der Vögel eine entspannte Atmosphäre schufen. "David", begann Gerhard zögerlich, "ich habe über das nachgedacht, was du gesagt hast. Vielleicht... vielleicht gibt es Dinge, die ich lernen kann." Davids Augen leuchteten auf, und Gerhard spürte einen Hauch von Hoffnung, dass sie einen gemeinsamen Nenner finden könnten.

"Das ist alles, was ich mir wünsche, Großvater", antwortete David, seine Stimme voller Begeisterung. "Wir können zusammenarbeiten, um die Geheimnisse von Warburg zu entschlüsseln. Es gibt so viel, was wir entdecken können!" Die Aufregung in Davids Stimme war ansteckend, und Gerhard fühlte, wie sich ein Teil von ihm öffnete, bereit, neue Wege zu erkunden.

Doch während sie über die Möglichkeiten sprachen, spürte Gerhard auch die Angst, die in ihm nagte. Was würde es bedeuten, die Traditionen, die ihn geprägt hatten, hinter sich zu lassen? Würde er damit nicht auch einen Teil von sich selbst verlieren? Diese Fragen quälten ihn, während er sich bemühte, die Balance zwischen Tradition und Innovation zu finden. Die Herausforderungen, die vor ihm lagen, waren nicht nur intellektuell, sondern auch emotional.

"Ich will nicht, dass du meine Überzeugungen übernimmst, David", sagte Gerhard schließlich, "aber ich möchte, dass du deine eigenen findest. Lass uns gemeinsam herausfinden, was die Wahrheit ist." In diesem Moment spürte Gerhard, dass er nicht nur für sich selbst, sondern auch für David Verantwortung trug. Die Verbindung zwischen ihnen war stark, und vielleicht war dies der erste Schritt, um die Kluft zwischen Tradition und Innovation zu überbrücken.

Die Gespräche zwischen Gerhard und David wurden intensiver, und mit jedem Austausch wuchs Gerhards Verständnis für die Notwendigkeit, offen für Veränderungen zu sein. Er erkannte, dass es nicht darum ging, die Traditionen vollständig abzulehnen, sondern sie in einem neuen Licht zu betrachten. Diese Erkenntnis war befreiend und zugleich beängstigend. Gerhard wusste, dass er sich auf eine Reise begab, die nicht nur seine Beziehung zu David, sondern auch sein eigenes Leben verändern könnte.

5.3 Ein unerwarteter Dialog über das Altern

Sanft legte sich die Dämmerung über Hohenfeld, während Gerhard und David auf der alten Bank im Park Platz genommen hatten. Die letzten Strahlen der Sonne zauberten goldene Linien auf die blühenden Beete, und der Duft von frisch gemähtem Gras durchzog die Luft. In diesem stillen Moment schien die Zeit für einen Augenblick stillzustehen, doch in Gerhards Herzen brodelten Fragen, die ihn seit Wochen beschäftigten.

"Opa", begann David, seine Stimme war sanft, aber bestimmt. "Was denkst du über das Altern? Ist es wirklich so schlimm, wie viele sagen?" Gerhard sah seinen Enkel an, dessen neugierige Augen ihn aufforderten, tiefer zu graben. Es war eine Frage, die er oft vermieden hatte, doch jetzt, in dieser ruhigen Abendstimmung, fühlte er sich bereit, sich ihr zu stellen.

"Weißt du, David", antwortete Gerhard nachdenklich, "das Altern ist wie ein Buch, das man Seite für Seite aufschlägt. Jede Seite hat ihre eigenen Geschichten, einige sind voller Freude, andere voller Trauer. Manchmal möchte ich die Seiten umblättern, um die schmerzhaften Erinnerungen hinter mir zu lassen, aber ich weiß, dass sie Teil von mir sind."

David nickte, als ob er die Worte seines Großvaters verstand. "Aber was ist mit den Herausforderungen? Warum sollten wir uns dem Altern nicht einfach entziehen, wenn wir können? Ich meine, es gibt doch Möglichkeiten, die Jugend zurückzugewinnen, oder?"

Gerhard spürte, wie ein Schatten über sein Herz fiel. "Ja, es gibt Methoden, die versprechen, die Zeit zurückzudrehen. Aber ich frage mich, ob das wirklich das ist, was wir wollen. Wenn wir unsere Jugend zurückgewinnen, verlieren wir dann nicht auch die Weisheit, die wir im Laufe der Jahre gesammelt haben?"

"Das klingt nach einer schweren Entscheidung", erwiderte David. "Aber ist es nicht auch eine Art von Freiheit, die Kontrolle über unser Leben zu haben? Wenn wir die Möglichkeit haben, gesund und vital zu bleiben, warum sollten wir darauf verzichten?"

"Es ist eine verlockende Vorstellung, mein Junge", gestand Gerhard, "aber ich habe gelernt, dass das Leben nicht nur aus der Zeit besteht, die wir haben, sondern auch aus der Qualität dieser Zeit. Die Erinnerungen, die wir schaffen, die Beziehungen, die wir pflegen – das sind die Dinge, die wirklich zählen."

David schaute auf den Boden, als ob er über die Worte seines Großvaters nachdachte. "Aber was ist mit dem Verlust? Was ist mit der Einsamkeit, die das Altern mit sich bringt? Du hast so viele Menschen verloren, Opa. Ist das nicht eine schreckliche Realität?"

Gerhard seufzte tief. "Ja, das ist es. Der Verlust ist schmerzhaft, und manchmal fühlt es sich an, als würde er uns erdrücken. Aber ich habe auch gelernt, dass jeder Verlust Platz für Neues schafft. Es ist wie das Verwelken eines Blattes, das den Boden nährt, damit neues Leben entstehen kann. Wir müssen lernen, die Schönheit im Vergänglichen zu sehen."

David hob den Kopf und blickte Gerhard direkt in die Augen. "Ich verstehe, was du sagst. Vielleicht ist das Altern nicht nur ein Verlust, sondern auch eine Chance, das Leben anders zu betrachten. Aber ich habe Angst, dass ich nicht die gleichen Lektionen lernen kann, wenn ich nicht die Zeit habe, sie zu erleben."

"Das ist eine berechtigte Angst", sagte Gerhard sanft. "Aber erinnere dich daran, dass wir alle unsere eigene Reise haben. Das Wichtigste ist, dass wir bereit sind, die Herausforderungen anzunehmen und aus ihnen zu lernen. Das Leben ist nicht immer fair, aber es ist immer wertvoll."

In diesem Moment fühlte Gerhard, wie eine Welle der Offenheit in ihm aufstieg. Er erkannte, dass er bereit war, neue Ideen zuzulassen und sich den Veränderungen in seinem Leben zu stellen. Die Gespräche mit David hatten ihm nicht nur geholfen, seine eigenen Ängste zu konfrontieren, sondern auch eine tiefere Verbindung zwischen ihnen geschaffen.

"Danke, David", sagte Gerhard schließlich, seine Stimme war warm und voller Dankbarkeit. "Du hast mir geholfen, Dinge klarer zu sehen. Lass uns gemeinsam weiter lernen, egal wie alt wir werden."

David lächelte, und in diesem Augenblick, umgeben von der sanften Dämmerung, fühlte sich Gerhard lebendiger denn je. Die Herausforderungen des Alterns waren nicht das Ende, sondern der Beginn eines neuen Kapitels, das darauf wartete, geschrieben zu werden.

6
Enthüllungen, die alles verändern

6.1 Gerhard vertieft sich in das Tagebuch

Ein sanfter Schleier der Dämmerung legte sich über Hohenfeld, während die alten Bäume ihre Schatten wie treue Gefährten über die Straßen ausbreiteten. In seinem kleinen, bescheidenen Arbeitszimmer saß Gerhard Lichtenfels, der 109-jährige Protagonist unserer Geschichte, und blätterte mit zitternden Händen durch die vergilbten Seiten des Tagebuchs von Dr. Otto Warburg. Die Worte vor ihm schienen zu pulsieren, als ob sie ein eigenes Leben führten, und Gerhard fühlte sich wie ein Entdecker, der in unbekannte Gewässer vordrang.

Stunden vergingen, während er in die komplexen Theorien eintauchte, die Warburg aufgeschrieben hatte. Der Duft von altem Papier und Tinte erfüllte den Raum, während die Zeilen über Zellbiologie und die Rolle von Sauerstoff bei Krankheiten vor seinen Augen lebendig wurden. Gerhard war fasziniert von der Brillanz des Wissenschaftlers, dessen Gedanken wie ein unerwarteter Lichtstrahl in sein Leben traten. Er konnte nicht anders, als sich in die Entdeckungen zu vertiefen, die sowohl wissenschaftliche als auch persönliche Bedeutung für ihn hatten.

"Wie kann es sein, dass ich erst jetzt von diesen Ideen erfahre?" murmelte er leise zu sich selbst, während er einen Satz las, der seine Vorstellungskraft sprengte. Warburgs Überlegungen zur Zellatmung und deren Einfluss auf die Gesundheit waren revolutionär und stellten alles in Frage, was Gerhard über das Altern zu wissen glaubte. Die Seiten waren gespickt mit persönlichen Reflexionen, die Warburgs eigene Kämpfe und Triumphe widerspiegelten. Es war, als würde er nicht nur die Theorien eines großen Geistes studieren, sondern auch die Seele eines Mannes, der sich unermüdlich für die Wahrheit eingesetzt hatte.

Je tiefer Gerhard in die Materie eintauchte, desto mehr wurde ihm bewusst, dass Warburgs Wissen nicht nur akademische Relevanz hatte. Es war ein Schlüssel zu Fragen, die ihn seit Jahren quälten: Was bedeutet es, alt zu sein? Gibt es einen Weg, den natürlichen Verfall zu verstehen und vielleicht sogar zu beeinflussen? Diese Gedanken wirbelten in seinem Kopf und führten zu einem inneren Konflikt, der ihn dazu zwang, seine Prioritäten zu überdenken.

Die Entdeckungen, die er machte, waren sowohl aufregend als auch beängstigend. Gerhard spürte, wie eine Welle der Hoffnung in ihm aufstieg, während er die Möglichkeit erkannte, dass das Altern nicht einfach ein unvermeidliches Schicksal sein musste. Doch gleichzeitig nagte die Angst an ihm, dass das Streben nach ewiger Jugend ethische Dilemmata mit sich bringen könnte. War es richtig, in den natürlichen Lauf des Lebens einzugreifen? Welche Konsequenzen könnten sich aus Warburgs Theorien ergeben?

Er legte das Tagebuch für einen Moment beiseite und sah aus dem Fenster. Die untergehende Sonne tauchte Hohenfeld in ein warmes, goldenes Licht, das die Schönheit der Natur betonte. Gerhard dachte an all die Menschen, die er im Laufe seines langen Lebens verloren hatte, und an die vielen Entscheidungen, die ihn zu dem gemacht hatten, was er heute war. "Habe ich genug getan? Habe ich die richtigen Entscheidungen getroffen?" Diese Fragen schwirrten in seinem Kopf, während er sich mit den Schatten seiner Vergangenheit auseinandersetzte.

Die Erkenntnis, dass Warburgs Theorien nicht nur wissenschaftliche Konzepte waren, sondern auch direkte Auswirkungen auf sein eigenes Leben haben könnten, ließ ihn nicht los. Er wusste, dass er sich auf eine Reise begab, die weitreichende Folgen haben könnte. Das Tagebuch war nicht nur ein Fenster in die Vergangenheit eines brillanten Wissenschaftlers, sondern auch ein Spiegel, der ihm seine eigenen Ängste und Hoffnungen vor Augen führte.

Mit einem tiefen Atemzug griff Gerhard erneut nach dem Tagebuch. "Ich muss weiterforschen", dachte er entschlossen. "Es gibt so viel zu entdecken." Doch während er die Seiten umblätterte, spürte er die Schwere der Verantwortung, die auf seinen Schultern lastete. Was, wenn er die Wahrheit fand, die die Welt verändern könnte? War er bereit, die Konsequenzen seines Wissens zu tragen?

Die Fragen drängten sich auf, und die Dämmerung umhüllte Hohenfeld wie ein schützender Mantel. Gerhard wusste, dass er an einem Wendepunkt stand. Der Weg, den er einschlagen würde, könnte nicht nur sein eigenes Leben, sondern auch das vieler anderer beeinflussen. Und so begann er, tiefer in die Geheimnisse von Warburgs Denken einzutauchen, während die Schatten der Nacht über das Städtchen fielen.

6.2 Entdeckungen, die die Realität erschüttern

In seinem kleinen, behaglichen Arbeitszimmer, das von der goldenen Abendsonne durchflutet wurde, saß Gerhard und ließ seinen Blick über die Seiten des Tagebuchs von Dr. Otto Warburg gleiten. Die Blätter waren gefüllt mit einer faszinierenden Mischung aus wissenschaftlichen Theorien und persönlichen Einsichten. Während er die Worte aufnahm, breitete sich in ihm ein Gefühl der Ehrfurcht und des Staunens aus. Warburgs Entdeckungen schienen nicht nur die Grenzen der Wissenschaft zu sprengen, sondern auch die Grundfesten seiner eigenen Überzeugungen über das Altern und die Gesundheit zu hinterfragen.

Die ersten Absätze, die Gerhard aufschlug, thematisierten die Rolle des Sauerstoffs im menschlichen Körper und dessen Einfluss auf Zellbiologie sowie Krankheiten. Kaum fassbar war für ihn, was er las. Warburg postulierte, dass viele Krankheiten, darunter Krebs, möglicherweise durch einen Mangel an Sauerstoff in den Zellen verursacht werden könnten. Diese Theorie stellte die medizinische Gemeinschaft auf den Kopf und warf Fragen auf, die Gerhard nicht ignorieren konnte. Was bedeutete das für die jahrzehntelangen Ansätze der Medizin? Und welche Auswirkungen hatte es auf sein eigenes Leben?

Gerhard fühlte sich wie ein Entdecker, der in eine unbekannte Welt vordrang. Die Vorstellung, dass er möglicherweise auf etwas gestoßen war, das die Welt verändern könnte, erfüllte ihn mit einer Mischung aus Hoffnung und Angst. Was, wenn diese Theorien tatsächlich wahr waren? Könnte er selbst von diesen Erkenntnissen profitieren? In seinem Kopf formten sich Gedanken, die ihn sowohl ermutigten als auch verunsicherten. Die Idee, die Geheimnisse des Alterns entschlüsseln zu können, war verlockend, aber zugleich beängstigend.

Sein Geist wanderte zu den Erinnerungen an verstorbene Freunde und Verwandte, die unter Krankheiten gelitten hatten, die er nun in einem neuen Licht sah. Hatte er ihnen nicht helfen können, weil er falsche Annahmen über ihre Erkrankungen getroffen hatte? Diese Gedanken nagten an ihm und ließen ihn die Verantwortung für sein Wissen und die damit verbundenen Konsequenzen spüren. Gerhard wusste, dass er nicht nur für sich selbst, sondern auch für andere Entscheidungen treffen musste, die weitreichende Folgen haben könnten.

Die emotionale Intensität dieser Entdeckungen überwältigte ihn. Er dachte an Clara, die junge Biologin, die ihm so viel über alternative Heilmethoden beigebracht hatte. Ihre Überzeugung, dass die Natur Lösungen für viele Gesundheitsprobleme bereithielt, erschien ihm jetzt mehr denn je gerechtfertigt. Gerhard fragte sich, ob er sie in seine Überlegungen einbeziehen sollte. Vielleicht könnte ihre Perspektive ihm helfen, die ethischen Dilemmata zu bewältigen, die sich aus Warburgs Theorien ergaben.

Doch je mehr er darüber nachdachte, desto klarer wurde ihm, dass das Streben nach ewiger Jugend und Gesundheit auch dunkle Seiten hatte. Was, wenn die Methoden, die er in Betracht zog, nicht nur positive, sondern auch negative Auswirkungen auf das Leben der Menschen hatten? Diese Fragen beschäftigten ihn, während er das Tagebuch weiter studierte. Warburgs Worte wurden lebendig, und die Möglichkeit, dass er auf etwas Großes gestoßen war, ließ ihn nicht los.

Gerhard schloss die Augen und atmete tief ein. Er stellte sich vor, wie es wäre, die Geheimnisse von Warburgs Theorien zu entschlüsseln. Die Vorstellung, das Altern verstehen und möglicherweise sogar beeinflussen zu können, war berauschend. Doch gleichzeitig spürte er die Last der Verantwortung, die mit diesem Wissen einherging. Die medizinische Gemeinschaft war skeptisch, und er wusste, dass er sich gegen Widerstände behaupten müsste, um seine Entdeckungen zu teilen.

Die Sonne war inzwischen hinter den Hügeln verschwunden, und das Zimmer wurde von einem sanften Dämmerlicht durchzogen. Gerhard fühlte sich, als stünde er an der Schwelle zu einer neuen Ära, einer Ära, in der er die Macht hatte, das Verständnis von Gesundheit und Altern zu revolutionieren. Doch der Gedanke daran, was er riskieren müsste, um dies zu erreichen, ließ ihn innehalten. War er bereit, alles zu riskieren, um die Wahrheit ans Licht zu bringen? Die Antwort darauf würde nicht nur sein eigenes Leben, sondern auch das Leben vieler anderer Menschen beeinflussen.

Mit einem letzten Blick auf das Tagebuch und dem Wissen, dass er sich auf eine Reise begab, die ihn an seine Grenzen führen würde, schloss Gerhard das Buch und legte es behutsam auf den Tisch. Er wusste, dass er die nächsten Schritte sorgfältig abwägen musste. Der Weg, den er eingeschlagen hatte, war voller Ungewissheiten, aber auch voller Möglichkeiten. Die Entdeckungen, die er gemacht hatte, waren nicht nur für ihn, sondern für die gesamte Menschheit von Bedeutung. Und in diesem Moment, umgeben von der Stille des kleinen Städtchens Hohenfeld, fühlte er sich lebendiger denn je.

6.3 Warburgs Vergangenheit und ihre Bedeutung

Gerhard saß an seinem abgewetzten Schreibtisch, das Tagebuch von Dr. Otto Warburg vor ihm ausgebreitet, und fühlte, wie die Worte auf den vergilbten Seiten ihn in eine längst vergangene Zeit entführten. Es war nicht nur das Wissen, das Warburg ihm vermittelte, das ihn fesselte; es waren auch die Geschichten, die zwischen den Zeilen schimmerten. Gerhard vertiefte sich in Warburgs Vergangenheit, und je mehr er las, desto deutlicher wurde ihm, dass die persönlichen Erfahrungen des Wissenschaftlers einen tiefen Einfluss auf seine Theorien ausgeübt hatten.

Warburg war nicht nur ein außergewöhnlicher Wissenschaftler; er war ein Mensch, der in einer Epoche lebte, die von politischen Umwälzungen und sozialen Herausforderungen geprägt war. Gerhard konnte die Verzweiflung und den unermüdlichen Kampf um Wahrheit und Gerechtigkeit förmlich spüren, die Warburg in seinen Schriften zum Ausdruck brachte. Diese Verbindung zwischen persönlichem Leben und wissenschaftlichem Wissen wurde zu einem zentralen Thema für Gerhard. Er fragte sich, wie viele seiner eigenen Überzeugungen und Entdeckungen durch seine persönlichen Erfahrungen gefärbt waren.

In diesem Moment wurde Gerhard klar, dass auch sein eigenes Leben von Erinnerungen und Erfahrungen geprägt war, die ihn zu dem gemacht hatten, was er heute war. Er dachte an seine Kindheit, an die Momente voller Freude und die Zeiten des Verlustes. Diese Erinnerungen waren wie Schatten, die ihn begleiteten, und sie weckten in ihm den Wunsch, die Geheimnisse, die er entdeckt hatte, zu verstehen. Warburgs Theorien über Zellbiologie und die Rolle von Sauerstoff bei Krankheiten schienen ihm nicht nur wissenschaftliche Konzepte zu sein, sondern auch ein Spiegelbild seiner eigenen Lebensgeschichte.

Gerhard spürte, wie eine Welle der Entschlossenheit in ihm aufstieg. Er wollte die Herausforderungen annehmen, die sich aus seinen neuen Erkenntnissen ergaben. Die ethischen Fragen, die sich aus Warburgs Theorien ergaben, waren komplex und herausfordernd, aber sie boten auch die Möglichkeit, das Leben und das Altern aus einer neuen Perspektive zu betrachten. In der Stille seines Zimmers erkannte er, dass er bereit war, sich diesen Fragen zu stellen, nicht nur für sich selbst, sondern auch für die kommenden Generationen.

Er dachte an Clara, die junge Biologin, die ihn inspiriert hatte, und an David, seinen Enkel, dessen pragmatische Sichtweise ihn oft zum Nachdenken angeregt hatte. Gemeinsam könnten sie die Geheimnisse von Warburg entschlüsseln und vielleicht sogar einen Weg finden, die Herausforderungen des Alterns zu bewältigen. Diese Gedanken erfüllten ihn mit Hoffnung und einem Gefühl der Gemeinschaft, das ihn antrieb.

Gerhard wusste, dass der Weg vor ihm nicht einfach sein würde. Die Auseinandersetzung mit Viktor Adler und seinen ehrgeizigen Plänen zur Rückkehr der Jugend stellte eine ernsthafte Bedrohung dar. Doch je mehr er über Warburgs Leben und seine Kämpfe nachdachte, desto mehr fühlte er sich ermutigt. Warburg hatte sich gegen die Widrigkeiten behauptet und war für seine Überzeugungen eingetreten. Gerhard wollte es ihm gleichtun.

Mit einem tiefen Atemzug schloss er das Tagebuch und sah aus dem Fenster. Die Sonne senkte sich langsam hinter den Hügeln von Hohenfeld, und der Himmel färbte sich in sanften Orange- und Rosatönen. In diesem Moment fühlte er sich mit der Welt verbunden, als ob die Natur selbst ihn anfeuerte, weiterzumachen. Er wusste, dass er nicht allein war. Die Erinnerungen an seine Lieben, die ihn unterstützt hatten, waren bei ihm, und sie gaben ihm die Kraft, die er brauchte.

"Ich werde nicht aufgeben", murmelte er leise zu sich selbst. "Ich werde die Wahrheit suchen, egal, welche Herausforderungen sich mir in den Weg stellen." Mit dieser Entschlossenheit im Herzen war Gerhard bereit, sich den kommenden Prüfungen zu stellen. Er wusste, dass die Reise nicht nur eine Suche nach Wissen war, sondern auch eine Reise zu sich selbst. Und so stand er auf, bereit, die Geheimnisse von Warburg zu entschlüsseln und die Welt um sich herum zu verändern.

46

7
Ethik im Angesicht der Wissenschaft

7.1 Moralische Fragen in der Forschung

In seinem kleinen, behaglichen Arbeitszimmer, durchflutet von den warmen Strahlen der Nachmittagssonne, saß Gerhard Lichtenfels und ließ seinen Blick über die Wände schweifen, die mit Regalen voller Bücher und vergilbten Dokumenten gefüllt waren – Zeugnisse eines langen Lebens, das viele Geschichten zu erzählen hatte. Doch heute war seine Aufmerksamkeit auf etwas ganz anderes gerichtet: das Tagebuch von Dr. Otto Warburg, das er vor wenigen Tagen entdeckt hatte. Die Seiten waren brüchig und vergilbt, doch die darauf geschriebenen Worte pulsierten vor Wissen und Geheimnissen, die nur darauf warteten, entschlüsselt zu werden.

Als Gerhard die ersten Zeilen las, überkam ihn ein Gefühl der Ehrfurcht. Warburgs Theorien über Zellbiologie und die Rolle des Sauerstoffs bei Krankheiten waren revolutionär, aber sie bargen auch ein zweischneidiges Schwert. Während er weiterlas, regte sich in ihm eine innere Unruhe. Die Fragen, die sich ihm stellten, waren komplex und herausfordernd: Was bedeutete es, dieses Wissen zu besitzen? Welche Verantwortung trug er, wenn er die Entdeckungen eines Mannes wie Warburg verstand? Diese Gedanken ließen ihn nicht los und führten zu einem tiefen moralischen Dilemma.

Gerhard war sich bewusst, dass Wissen Macht bedeutete, aber auch Verantwortung. Er dachte an die vielen Menschen, die an Krankheiten litten, die möglicherweise von Warburgs Theorien beeinflusst werden könnten. Sollte er seine Erkenntnisse teilen oder sie für sich behalten? Die Vorstellung, dass seine Entdeckungen das Potenzial hatten, das Leben vieler Menschen zu verändern, war sowohl aufregend als auch beängstigend. Was, wenn seine Interpretationen falsch waren? Was, wenn er durch seine Handlungen mehr Schaden als Nutzen anrichtete?

Die ethischen Fragen, die sich aus Warburgs Theorien ergaben, wurden zu einem zentralen Konflikt in Gerhards Gedanken. Er erinnerte sich an die Gespräche mit Clara Weiss, seiner Verbündeten und Freundin, die an alternative Heilmethoden glaubte. Ihre Überzeugungen standen oft im Kontrast zu den konventionellen Ansätzen, die von Menschen wie Viktor Adler vertreten wurden, einem charismatischen Antagonisten, der ebenfalls an Warburgs Wissen interessiert war. Gerhard fragte sich, ob er bereit war, sich den Herausforderungen zu stellen, die mit der Veröffentlichung von Warburgs Theorien verbunden waren, insbesondere angesichts der Gefahr, die von Adler ausging.

Ein weiteres Bild schoss ihm durch den Kopf: die Gesichter der Menschen, die er geliebt hatte, und die, die er verloren hatte. Wie viele von ihnen hätten von Warburgs Entdeckungen profitieren können? Hätte er vielleicht einige von ihnen retten können, wenn er früher gehandelt hätte? Diese Fragen nagten an ihm und verstärkten seinen inneren Konflikt. Das Streben nach Wissen war für ihn immer eine Quelle der Freude gewesen, aber jetzt schien es auch eine Last zu sein.

Gerhard stand auf und ging zum Fenster, um frische Luft zu schnappen. Draußen blühte der Frühling in voller Pracht. Die Vögel sangen, und die Bäume rauschten sanft im Wind. Doch selbst die Schönheit der Natur konnte seine Sorgen nicht vertreiben. Er fühlte sich wie ein Gefangener seiner eigenen Entdeckungen, gefangen zwischen dem Wunsch, die Wahrheit zu enthüllen, und der Angst vor den Konsequenzen. Was, wenn er das Gleichgewicht der Natur störte? Was, wenn sein Wissen in die falschen Hände fiel?

Er wusste, dass er sich diesen Fragen stellen musste. Es war nicht nur eine intellektuelle Übung; es war eine Frage der Ethik, des menschlichen Lebens und der Verantwortung, die jeder Wissenschaftler tragen musste. Die Auseinandersetzung mit diesen moralischen Implikationen würde nicht nur seine Entscheidungen in den kommenden Kapiteln beeinflussen, sondern auch die Art und Weise, wie er sich selbst und seine Rolle in der Welt sah.

Gerhard kehrte an seinen Schreibtisch zurück und setzte sich wieder. Mit zitternden Händen griff er nach dem Tagebuch und blätterte zu einer bestimmten Seite, die ihn besonders fasziniert hatte. Dort stand eine Notiz über die Auswirkungen von Sauerstoffmangel auf die Zellen und die Möglichkeit, Krankheiten zu heilen. Ein Funke der Hoffnung durchzuckte ihn, aber er wusste, dass er vorsichtig sein musste. Das Wissen, das er erlangte, war nicht nur ein Geschenk, sondern auch eine Verantwortung, die er ernst nehmen musste.

Die Sonne neigte sich langsam dem Horizont entgegen, und mit ihr kam die Erkenntnis, dass die Nacht nicht nur Dunkelheit, sondern auch die Möglichkeit neuer Einsichten bringen konnte. Gerhard atmete tief ein und beschloss, dass er sich den Herausforderungen stellen würde. Er würde die ethischen Fragen, die sich aus Warburgs Theorien ergaben, nicht ignorieren. Stattdessen würde er sie als Leitfaden nutzen, um seinen Weg zu finden – einen Weg, der sowohl das Streben nach Wissen als auch die Achtung vor dem Leben beinhaltete.

7.2 Gerhards innere Konflikte über Wissen

In seinem kleinen Arbeitszimmer, umgeben von hohen Bücherregalen, saß Gerhard und blickte auf die vergilbten Seiten des Tagebuchs von Dr. Otto Warburg. Die Worte schienen ihn zu rufen, doch je tiefer er in den Text eintauchte, desto drückender wurde das Gefühl der Beklemmung in seiner Brust. Warburgs Theorien zur Zellbiologie und der Rolle des Sauerstoffs bei Krankheiten waren nicht nur faszinierend, sie bargen auch eine erschreckende Wahrheit. Gerhard stellte sich die Frage, ob er bereit war, die Verantwortung für das Wissen zu tragen, das ihm nun anvertraut war.

Die Erkenntnis, dass er möglicherweise auf etwas gestoßen war, das die Welt revolutionieren könnte, ließ ihn nicht los. Doch mit dieser Hoffnung kam auch die Angst. Was würde es bedeuten, wenn er seine Entdeckungen öffentlich machte? Würde er die Menschheit in eine neue Ära des Wissens führen oder sie in eine Katastrophe stürzen? Diese quälenden Fragen lasteten schwer auf ihm und führten zu einem inneren Konflikt, der wie ein Schatten über seinen Gedanken schwebte.

Gerhard dachte an seine eigene Vergangenheit zurück, an die Entscheidungen, die er getroffen hatte, und an die Konsequenzen, die sie nach sich zogen. In den letzten Jahren hatte er oft darüber nachgedacht, was es bedeutete, alt zu sein. Er hatte die Vergänglichkeit des Lebens akzeptiert, doch nun, konfrontiert mit Warburgs Entdeckungen, fühlte er sich, als stünde er erneut an einer Weggabelung. Sollte er den vertrauten Pfad des Alters und der Akzeptanz weiter beschreiten oder den riskanten Weg des Wissens einschlagen?

Die Erinnerungen an seine verstorbenen Freunde und Verwandten kamen ihm in den Sinn. Hatten sie nicht alle den Wunsch gehegt, länger zu leben, die Zeit zurückzudrehen oder zumindest die Geheimnisse des Alterns zu ergründen? Gerhard hatte oft darüber nachgedacht, ob er ihnen hätte helfen können, wenn er nur mehr gewusst hätte. Jetzt, wo ihm die Möglichkeit gegeben war, die Geheimnisse des Lebens zu entschlüsseln, fühlte er sich wie ein Betrüger, unfähig, die Verantwortung für das Wohlergehen anderer zu tragen.

"Was, wenn ich die falschen Entscheidungen treffe? Was, wenn ich das Wissen missbrauche?" Diese Gedanken wirbelten in seinem Kopf wie ein unaufhörlicher Sturm. Gerhard war hin- und hergerissen zwischen dem Streben nach Wissen und der Verantwortung, die damit einherging. Es war eine ständige Herausforderung, die ihn sowohl ermutigte als auch lähmte.

In einem Moment der Klarheit erkannte Gerhard, dass er nicht allein war. Clara, die junge Biologin, die an seine Seite getreten war, war ein Lichtstrahl in seiner Dunkelheit. Ihre Überzeugung, dass natürliche Heilmethoden und das Verständnis der Natur einen Weg zur Heilung bieten könnten, inspirierte ihn. Vielleicht konnte er mit ihrer Hilfe einen Weg finden, um die ethischen Dilemmata zu navigieren, die sich aus Warburgs Theorien ergaben.

Doch selbst der Gedanke an Clara brachte eine neue Welle der Unsicherheit mit sich. Was, wenn sie nicht an seine Vision glaubte? Was, wenn sie ihn für verrückt hielt, weil er bereit war, das Unbekannte zu erforschen? Gerhard wusste, dass er ihr vertrauen musste, aber die Angst vor Ablehnung nagte an ihm. Er wollte nicht der alte Mann sein, der seine Träume aufgab, aber er wollte auch nicht derjenige sein, der andere in Gefahr brachte.

Die Spannung zwischen seinem Wunsch, die Geheimnisse des Lebens zu ergründen, und der Verantwortung, die damit verbunden war, wuchs ins Unermessliche. Gerhard wusste, dass er sich entscheiden musste. Sollte er den Mut aufbringen, seine Entdeckungen zu teilen, oder sollte er in der Sicherheit des Unwissens verharren? Diese Entscheidung würde nicht nur sein Leben, sondern auch das Leben vieler anderer beeinflussen.

Mit einem tiefen Atemzug schloss Gerhard das Tagebuch und sah aus dem Fenster. Die sanften Hügel von Hohenfeld breiteten sich vor ihm aus, und er fühlte sich von der Schönheit der Natur umgeben. Vielleicht war es an der Zeit, nicht nur nach Wissen zu streben, sondern auch nach Weisheit. Die Frage war nicht nur, was er wissen konnte, sondern auch, wie er dieses Wissen nutzen wollte. In diesem Moment der Reflexion begann Gerhard zu begreifen, dass das Streben nach Wissen und die Verantwortung, die damit einherging, Hand in Hand gehen mussten.

Er stand auf und ging zum Fenster, um die frische Luft einzuatmen. "Ich werde nicht aufgeben", murmelte er entschlossen. "Ich werde den Weg finden, der sowohl das Wissen als auch die Verantwortung vereint." Mit dieser neuen Entschlossenheit wusste Gerhard, dass er bereit war, sich den Herausforderungen zu stellen, die vor ihm lagen, und die Reise zu beginnen, die sein Leben für immer verändern würde.

7.3 Die Folgen des Eingreifens in das Leben

In seinem bescheidenen Arbeitszimmer, umgeben von hohen Bücherregalen, verweilte Gerhard mit den vergilbten Seiten des Tagebuchs von Dr. Otto Warburg vor seinen Augen. Die Worte, die er aufgesogen hatte, hallten in seinem Geist wider, wie ein Echo aus einer längst vergangenen Epoche. An der Schwelle zu einem neuen Verständnis fühlte er sich, doch diese Erkenntnis war von einem tiefen inneren Dilemma durchzogen. Was bedeutete es, in den natürlichen Fluss des Lebens einzugreifen? Die Fragen, die sich ihm aufdrängten, waren nicht nur theoretischer Natur; sie trugen das Potenzial in sich, das Leben der Menschen um ihn herum nachhaltig zu beeinflussen.

Warburgs Theorien über die Rolle des Sauerstoffs in der Zellbiologie eröffneten faszinierende Perspektiven, doch sie brachten auch eine beunruhigende Verantwortung mit sich. Gerhard dachte an die Menschen, die ihm am Herzen lagen – an Clara, deren Leidenschaft für alternative Heilmethoden eine Quelle der Hoffnung war, und an David, seinen Enkel, dessen pragmatische Sichtweise ihn oft herausforderte. Was würde es für sie bedeuten, wenn er sich entschloss, das Wissen, das er erlangt hatte, zu nutzen? Und welche Konsequenzen könnten daraus resultieren?

Er erinnerte sich an Warburgs Worte: "Das Leben ist ein empfindliches Gleichgewicht." Diese Aussage schien nun mehr denn je von Bedeutung zu sein. Gerhard wusste, dass jede Entscheidung, die er traf, sowohl positive als auch negative Auswirkungen haben konnte. Der Gedanke daran, dass sein Handeln das Leben anderer beeinflussen könnte, ließ ihn frösteln. War er bereit, das Risiko einzugehen, die Grenzen der Wissenschaft zu überschreiten, um möglicherweise Wunder zu bewirken? Oder würde er damit nur neues Leid verursachen?

Eine Welle der Unsicherheit überkam ihn in diesem Moment. Er stellte sich vor, wie Viktor Adler, der charismatische Antagonist, die Theorien von Warburg für seine eigenen Zwecke nutzen könnte. Adler war ein Mann, der keine moralischen Bedenken kannte, wenn es darum ging, seine Ziele zu erreichen. Gerhard spürte, dass er in einem Wettlauf gegen die Zeit war, nicht nur um das Wissen zu bewahren, sondern auch um sicherzustellen, dass es nicht in die falschen Hände fiel. Doch was, wenn er selbst die Grenze überschritt, die er so sorgsam zu wahren versuchte?

Die Gedanken wirbelten in seinem Kopf, während er sich fragte, ob es wirklich möglich war, das Altern zu beeinflussen, ohne die natürlichen Prozesse des Lebens zu stören. Er dachte an die Geschichten seiner Vorfahren, die er in den alten Familienalben gelesen hatte, und an die Lektionen, die das Leben ihnen erteilt hatte. Hatten sie nicht immer betont, dass das Altern ein Teil des Lebens war, ein Prozess, der respektiert werden sollte? Wie konnte er also mit dem Wissen umgehen, das ihm die Möglichkeit bot, diesen Prozess zu verändern?

Die Uhr tickte leise im Hintergrund, und Gerhard fühlte, wie die Zeit ihm davonlief. Er wusste, dass er eine Entscheidung treffen musste. Die Dringlichkeit dieser Erkenntnis schnürte ihm die Kehle zu. Es war nicht nur eine Frage des Wissens, sondern auch eine Frage der Ethik. Sollte er das Geheimnis von Warburg enthüllen und damit möglicherweise das Gleichgewicht des Lebens stören? Oder sollte er es für sich behalten und die Konsequenzen seines Handelns vermeiden?

Gerhard atmete tief ein und schloss die Augen. In diesem Moment erkannte er, dass die Antwort nicht einfach war. Es gab keine klare Linie zwischen richtig und falsch, zwischen Fortschritt und Rückschritt. Die Komplexität des Lebens erforderte ein tiefes Nachdenken und eine respektvolle Auseinandersetzung mit den ethischen Grenzen der Wissenschaft. Er fühlte sich, als stünde er an einem Scheideweg, an dem jede Entscheidung weitreichende Folgen haben könnte.

Mit einem erneuten Blick auf das Tagebuch nahm er sich vor, die Fragen, die sich ihm stellten, nicht leichtfertig zu beantworten. Er wollte die Verantwortung für sein Wissen tragen, egal wie schwer sie auch sein mochte. Das Kapitel seines Lebens, das sich nun öffnete, war nicht nur eine Suche nach Wahrheit, sondern auch eine Reise zu sich selbst. Und so beschloss Gerhard, sich auf diese Reise zu begeben, in dem Wissen, dass er sich den Herausforderungen stellen musste, die vor ihm lagen.

8
Der Wettlauf gegen die Zeit

8.1 Adlers Pläne nehmen bedrohliche Formen an

Als die Dämmerung über Hohenfeld hereinbrach, saßen Gerhard Lichtenfels und Clara Weiss in der kleinen Bibliothek des alten Rathauses. Der muffige Geruch vergilbter Seiten erfüllte die Luft, während das leise Rascheln von Papier den Raum umhüllte. Vor Gerhard lag das Tagebuch von Dr. Otto Warburg, aufgeschlagen wie ein Tor zu einer anderen Zeit. Ihre Augen waren gebannt von den Worten, die sie entdeckten, während eine dunkle Bedrohung über ihnen schwebte – die geheimen Pläne von Viktor Adler.

"Clara, hör dir das an", begann Gerhard, seine Stimme zitterte vor Aufregung. "Warburg spricht hier von einer Methode, die den Alterungsprozess verlangsamen könnte. Er hat die Rolle von Sauerstoff in der Zellatmung untersucht und wie er Krankheiten beeinflusst." Seine Augen funkelten vor Neugier, doch in seinem Inneren regte sich auch ein Gefühl der Besorgnis. "Aber was, wenn Adler diese Entdeckungen für seine eigenen Zwecke missbraucht?"

Clara nickte, ihre Stirn leicht gerunzelt. "Ich habe darüber nachgedacht. Adlers Ambitionen sind gefährlich. Wenn er tatsächlich plant, Warburgs Theorien zu nutzen, um die Jugend zurückzugewinnen, könnte das katastrophale Folgen haben. Wir müssen herausfinden, was er wirklich vorhat."

Die Dringlichkeit ihrer Situation wurde ihnen beiden bewusst. Sie hatten nicht viel Zeit. Adler war ein Mann, der bereit war, alles zu tun, um seine Ziele zu erreichen. Gerhard erinnerte sich an die Geschichten, die er über ihn gehört hatte – Geschichten von skrupellosen Experimenten und der Missachtung ethischer Grenzen. "Wir müssen die Geheimnisse von Warburg entschlüsseln, bevor es zu spät ist", sagte Gerhard entschlossen. "Wir können nicht zulassen, dass Adler mit diesem Wissen spielt."

"Aber wie? Wo sollen wir anfangen?" fragte Clara, ihre Stimme war fest, aber in ihren Augen lag ein Funken Unsicherheit. Gerhard konnte die Angst in ihr spüren, die sich mit der Aufregung vermischte. Die Vorstellung, gegen einen so mächtigen Gegner anzutreten, war überwältigend. Doch gleichzeitig spürte er, dass dies ihre einzige Chance war, die Welt vor den potenziellen Konsequenzen von Adlers Machenschaften zu schützen.

"Wir müssen tiefer in Warburgs Theorien eintauchen", schlug Gerhard vor. "Jede Seite, jedes Wort könnte entscheidend sein. Vielleicht gibt es etwas, das wir übersehen haben, etwas, das uns helfen kann, Adlers Pläne zu vereiteln."

Gerhard blätterte hastig durch die Seiten des Tagebuchs, während Clara ihm aufmerksam folgte. "Hier", rief er plötzlich aus, als er auf eine Passage stieß, die seine Aufmerksamkeit erregte. "Warburg erwähnt hier die ethischen Implikationen seiner Forschung. Er war sich der Gefahren bewusst, die mit dem Streben nach ewiger Jugend verbunden sind. Vielleicht können wir seine Argumente gegen Adler verwenden."

"Das ist ein guter Ansatz", erwiderte Clara, und ihre Augen leuchteten auf. "Wenn wir die ethischen Bedenken Warburgs in den Vordergrund stellen, könnten wir möglicherweise die Unterstützung anderer Wissenschaftler gewinnen. Vielleicht können wir sogar die Öffentlichkeit mobilisieren."

Doch während sie über ihre Strategie nachdachten, spürten sie beide, dass die Zeit gegen sie arbeitete. Jeder Moment, den sie verloren, gab Adler die Möglichkeit, seine Pläne weiter voranzutreiben. Gerhard konnte nicht anders, als sich vorzustellen, wie Adler in seinem Labor stand, umgeben von Geräten und Chemikalien, bereit, das Wissen von Warburg zu missbrauchen. Die Vorstellung war beängstigend.

"Wir müssen sofort handeln", sagte Gerhard entschlossen. "Lass uns die wichtigsten Punkte aus Warburgs Theorien zusammenfassen und einen Plan entwickeln, wie wir unsere Erkenntnisse verbreiten können. Je schneller wir sind, desto besser."

Clara nickte zustimmend. "Ich werde einige meiner Kontakte in der wissenschaftlichen Gemeinschaft kontaktieren. Vielleicht können wir ein Treffen organisieren, um unsere Bedenken zu äußern."

Gerhard fühlte, wie sich eine Welle der Entschlossenheit in ihm aufbaute. Sie waren nicht allein in diesem Kampf. Gemeinsam würden sie die Wahrheit ans Licht bringen und verhindern, dass Adler die Geheimnisse von Warburg für seine eigenen finsteren Zwecke nutzte. Doch während sie ihre Pläne schmiedeten, nagte ein Gefühl der Ungewissheit an ihm. Was, wenn sie zu spät kamen? Was, wenn Adler bereits zu weit fortgeschritten war?

Die Dunkelheit der Nacht fiel über Hohenfeld, und mit ihr kam das Gefühl der Dringlichkeit, das sie beide antrieb. Es war ein Wettlauf gegen die Zeit, und sie mussten alles daran setzen, um zu gewinnen.

8.2 Gerhard und Clara schmieden einen kühnen Plan

Die Dämmerung legte sich sanft über Hohenfeld, während die letzten Strahlen der Sonne goldene Akzente auf die ehrwürdigen Steinmauern zauberten. In seinem bescheidenen Arbeitszimmer saßen Gerhard und Clara, umgeben von den vertrauten Schatten der Bücherregale, die Geschichten aus vergangenen Zeiten flüsterten. Die Luft war durchzogen von einer Mischung aus Aufregung und Anspannung, während sie die Pläne für die bevorstehenden Tage erörterten. Es war offensichtlich, dass die Zeit drängte und die Bedrohung durch Viktor Adler mit jedem Tag wuchs.

"Wir müssen handeln, Gerhard", erklärte Clara mit fester Stimme, während sie ihre Hände entschlossen auf den Tisch legte. "Adlers Ambitionen sind gefährlich. Wenn wir untätig bleiben, könnte er Warburgs Wissen für seine eigenen finsteren Ziele missbrauchen." Ihre Augen funkelten vor Entschlossenheit, und Gerhard spürte, wie ihre Leidenschaft ihn ansteckte. In diesem Moment wurde ihm klar, dass sie gemeinsam stark waren und ihre Zusammenarbeit der Schlüssel zum Erfolg sein würde.

"Ich verstehe, Clara", erwiderte Gerhard nachdenklich. "Aber was können wir tun? Wir sind nur zwei Menschen gegen einen Mann, der alles hat – Macht, Einfluss und ein Ziel, das er mit allen Mitteln erreichen will." Seine Stimme klang resigniert, doch Clara ließ sich davon nicht entmutigen.

"Wir besitzen Warburgs Tagebuch, Gerhard. Das ist unser Vorteil. Wenn wir die Geheimnisse entschlüsseln, die darin verborgen sind, könnten wir Adlers Pläne durchkreuzen. Wir müssen die Wahrheit ans Licht bringen und die Welt darüber informieren, was er vorhat", erklärte sie leidenschaftlich. Ihre Überzeugung war ansteckend, und Gerhard fühlte, wie ein Funke der Hoffnung in ihm aufblühte.

"Du hast recht", stimmte er zu, während er begann, die Möglichkeiten zu durchdenken. "Wir könnten eine Präsentation vorbereiten, vielleicht sogar eine kleine Konferenz organisieren, um die wissenschaftliche Gemeinschaft zu mobilisieren. Wenn wir genügend Unterstützung gewinnen, könnten wir Adler stoppen."

Clara nickte zustimmend. "Ja, aber wir müssen vorsichtig sein. Adler wird nicht zögern, uns zu diskreditieren oder Schlimmeres, wenn er erfährt, dass wir ihm auf der Spur sind. Strategisches Vorgehen ist unerlässlich." Sie lehnte sich zurück und dachte nach, während Gerhard ihre Entschlossenheit bewunderte. In ihren Augen sah er nicht nur den Mut, sondern auch die Hoffnung auf eine bessere Zukunft.

"Was ist, wenn wir einige alte Freunde von Warburg kontaktieren? Vielleicht gibt es noch andere, die seine Theorien unterstützen und bereit wären, sich uns anzuschließen", schlug Gerhard vor. "Es könnte uns helfen, eine breitere Basis zu schaffen und die Aufmerksamkeit auf unsere Sache zu lenken."

"Das ist eine großartige Idee! Lass uns eine Liste von Kontakten erstellen und sehen, wen wir erreichen können", erwiderte Clara begeistert. Sie griff nach einem Notizbuch und begann, Namen und mögliche Ansprechpartner aufzuschreiben. Gerhard beobachtete sie, während sie mit Energie und Begeisterung arbeitete. Es war inspirierend zu sehen, wie sie sich für die Sache einsetzte, und es gab ihm den Mut, ebenfalls aktiv zu werden.

Doch während sie Pläne schmiedeten, nagte ein Gefühl der Unsicherheit an Gerhard. Was, wenn sie scheiterten? Was, wenn Adler ihnen zuvorkam? Die Fragen schwirrten in seinem Kopf, und er konnte nicht anders, als an die Risiken zu denken, die mit ihrem Vorhaben verbunden waren. "Clara, was ist, wenn wir versagen? Was, wenn Adler uns stoppt, bevor wir überhaupt anfangen können?"

"Gerhard, wir dürfen uns nicht von Angst leiten lassen. Wenn wir nichts tun, wird Adler gewinnen, und die Konsequenzen werden katastrophal sein. Wir müssen an das glauben, was wir tun, und uns gegenseitig unterstützen", antwortete sie mit fester Stimme. Ihre Worte waren wie ein Lichtstrahl in der Dunkelheit, und Gerhard fühlte, wie seine Zweifel langsam schwanden.

"Du hast recht", gestand er schließlich. "Wir müssen es versuchen. Gemeinsam sind wir stärker. Lass uns diesen Plan in die Tat umsetzen und alles daransetzen, die Wahrheit zu verteidigen." Ein Gefühl der Entschlossenheit breitete sich in ihm aus, und er wusste, dass sie gemeinsam die Herausforderungen meistern konnten, die vor ihnen lagen.

Die beiden arbeiteten bis spät in die Nacht, während sie ihre Ideen und Strategien entwickelten. Der Raum war erfüllt von einer neuen Energie, die ihre Herzen erfüllte. Sie waren nicht nur Verbündete in einem Kampf gegen einen mächtigen Gegner, sondern auch Partner auf einer Reise zur Wahrheit. Und in diesem Moment, während die Dunkelheit über Hohenfeld hereinbrach, spürten sie, dass sie auf dem richtigen Weg waren.

8.3 Ein Wettlauf, der alles verändern könnte

Als die Dämmerung über Hohenfeld hereinbrach, versammelten sich Gerhard und Clara in einem kleinen, bescheidenen Raum, dessen Wände von der warmen Glut eines alten Kamins erleuchtet wurden. Die Schatten bewegten sich lebhaft an den Wänden, während sie sich den drängenden Fragen ihrer Entdeckungen stellten. Der Duft von frischem Papier und Tinte erfüllte die Luft, während das Tagebuch von Dr. Otto Warburg auf dem Tisch lag – ein Symbol für die Geheimnisse, die es zu entschlüsseln galt. Die Zeit drängte, und jeder Moment zählte.

"Wir müssen Adlers Pläne stoppen, bevor es zu spät ist", erklärte Clara mit fester Stimme, ihre Augen funkelten vor Entschlossenheit. "Wenn wir nicht handeln, könnte seine Vision von ewiger Jugend die Welt ins Chaos stürzen." Gerhard nickte, doch in seinem Inneren brodelten Zweifel. Was bedeutete es wirklich, gegen die Zeit zu kämpfen? Und was war der Preis für das Wissen, das sie suchten?

"Es ist nicht nur ein Wettlauf gegen Adler", murmelte Gerhard, während er nachdenklich auf das Tagebuch starrte. "Es ist auch ein Wettlauf gegen uns selbst. Gegen unsere Ängste und Zweifel." Die Schwere seiner Entscheidungen, die ihn bis hierher geführt hatten, lastete schwer auf seinen Schultern. Was, wenn sie die Grenzen des Wissens überschritten? Was, wenn sie die natürliche Ordnung des Lebens störten?

Clara trat näher, legte eine Hand auf seinen Arm und sah ihm tief in die Augen. "Wir haben die Möglichkeit, etwas Großes zu bewirken, Gerhard. Aber wir müssen zusammenarbeiten. Wir müssen uns auf die Wahrheit konzentrieren und die Ethik unserer Entdeckungen im Auge behalten." Ihre Worte strahlten wie ein Lichtstrahl in der Dunkelheit, der ihm half, seine Ängste zu besiegen. Er wusste, dass sie recht hatte. Sie mussten einen Plan schmieden, um Adlers gefährliche Ambitionen zu vereiteln.

"Lass uns die Theorien von Warburg noch einmal durchgehen", schlug Gerhard vor, während er sich auf den Tisch beugte und das Tagebuch aufschlug. "Vielleicht gibt es Hinweise, die uns helfen können, seine Methoden zu verstehen und zu kontern." Clara nickte zustimmend, und gemeinsam begannen sie, die Seiten des Tagebuchs zu durchforsten, während die Uhr unaufhörlich tickte.

Mit jedem Wort, das sie lasen, wuchs die Dringlichkeit ihrer Mission. Warburgs Erkenntnisse über die Rolle von Sauerstoff in der Zellbiologie schienen sowohl Hoffnung als auch Gefahr zu bergen. Gerhard spürte, wie sich die Fragen in seinem Kopf türmten: Konnte das Wissen, das sie erlangten, tatsächlich das Altern beeinflussen? Und zu welchem Preis? Die Antworten schienen immer weiter in die Ferne zu rücken, während die Bedrohung durch Adler näher rückte.

"Wir müssen uns beeilen", sagte Clara, ihre Stimme war fest, aber ein Hauch von Nervosität schwang mit. "Adler wird nicht untätig bleiben. Er wird versuchen, Warburgs Theorien für seine eigenen Zwecke zu nutzen." Gerhard spürte die Kälte des Schreckens, der ihm durch den Rücken lief. Die Vorstellung, dass jemand wie Adler, getrieben von Macht und Ehrgeiz, die Entdeckungen für seine eigenen finsteren Ziele verwenden könnte, war beunruhigend.

"Wir haben keine Zeit zu verlieren", entgegnete Gerhard, während er sich aufrichtete und Clara entschlossen ansah. "Wir müssen alle Informationen zusammentragen, die wir haben, und einen Plan entwickeln, um ihn zu stoppen. Wenn wir das nicht tun, könnte alles, was wir entdeckt haben, in den Händen eines Mannes landen, der bereit ist, über Leichen zu gehen."

In diesem Moment spürte Gerhard eine Welle der Entschlossenheit, die ihn durchströmte. Er wusste, dass er nicht allein war. An Claras Seite würde er kämpfen, um die Wahrheit ans Licht zu bringen und die Welt vor den Gefahren zu schützen, die in den Schatten lauerten. Der Wettlauf hatte begonnen, und die Fragen, die sie sich stellten, wurden drängender, während sie sich auf eine gefährliche Reise begaben.

"Lass uns beginnen", sagte Clara, und gemeinsam traten sie in die Nacht hinaus, bereit, sich den Herausforderungen zu stellen, die vor ihnen lagen. Die Dunkelheit umhüllte sie, aber in ihren Herzen brannte das Licht der Hoffnung – eine Hoffnung, die stark genug war, um die Schatten zu vertreiben.

9
Loyalität und die Schatten der Zweifel

9.1 Spannungen zwischen den Charakteren eskalieren

Als die Dämmerung über Hohenfeld hereinbrach, legte sich eine unbehagliche Stille über die Stadt, die die Luft mit einer drückenden Schwere erfüllte. Gerhard Lichtenfels saß in seinem bescheidenen Arbeitszimmer, umgeben von den Schatten seiner Erinnerungen. Vor ihm lagen die Seiten des Tagebuchs von Dr. Otto Warburg, doch seine Gedanken waren weit entfernt von den wissenschaftlichen Entdeckungen, die ihn einst so gefesselt hatten. Stattdessen kreisten sie um Clara Weiss, die junge Biologin, die in den letzten Wochen sowohl Hoffnung als auch Zweifel in sein Leben gebracht hatte.

Gerhard starrte auf die Worte, die vor ihm zu tanzen schienen, während sein Geist nicht bei der Wissenschaft verweilte. Er dachte an die Gespräche, die sie geführt hatten, an die Momente, in denen sie sich gegenseitig ermutigt hatten, neue Perspektiven zu erkunden. Doch jetzt, nach all den Enthüllungen, schien eine unsichtbare Mauer zwischen ihnen zu stehen. Errichtet aus Misstrauen und unausgesprochenen Ängsten, begann sie sich zu formen.

"Clara, was denkst du wirklich über all das?" murmelte er leise, mehr zu sich selbst als zu ihr. Die Frage schwebte in der Luft, während er an die letzten Tage zurückdachte, an die Momente, in denen er ihre Loyalität in Frage gestellt hatte. Hatte sie ihn nur unterstützt, um seine Entdeckungen für ihre eigenen Zwecke zu nutzen? Oder war sie tatsächlich an seiner Seite, bereit, die Herausforderungen gemeinsam zu meistern?

In diesem Moment betrat Clara den Raum, und die Spannung war sofort spürbar. Ihr Lächeln war warm, doch Gerhard konnte die Unsicherheit in ihren Augen erkennen. "Gerhard, ich habe über Warburgs Theorien nachgedacht. Ich glaube, wir könnten etwas Großes erreichen, wenn wir zusammenarbeiten", sagte sie, doch ihre Stimme zitterte leicht.

"Zusammenarbeiten?" wiederholte Gerhard, seine Stimme klang schärfer, als er beabsichtigt hatte. "Aber zu welchem Preis, Clara? Glaubst du wirklich, dass wir die Wahrheit finden können, ohne die Konsequenzen zu bedenken? Ich habe das Gefühl, dass wir auf einem gefährlichen Weg sind."

Clara trat einen Schritt näher, ihre Augen funkelten vor Entschlossenheit. "Ich verstehe deine Bedenken, aber wir müssen das Risiko eingehen. Warburgs Entdeckungen könnten das Verständnis von Gesundheit revolutionieren! Glaubst du nicht, dass es unsere Pflicht ist, diese Informationen zu nutzen?"

Gerhard fühlte, wie sich ein Kloß in seinem Hals bildete. "Es geht nicht nur um das Wissen, Clara. Es geht um die Verantwortung, die damit einhergeht. Ich habe Zweifel, ob wir die richtigen Entscheidungen treffen können, wenn wir uns von unseren Emotionen leiten lassen."

Ein Moment der Stille folgte, in dem beide Charaktere sich in ihren Gedanken verloren. Clara wandte den Blick ab, und Gerhard bemerkte, wie die Unsicherheit in ihr wuchs. Hatte er sie mit seinen Worten verletzt? Hatte er ihr Vertrauen in Frage gestellt? Die Gedanken über seine eigenen Ängste und Zweifel schienen sich in einem Strudel zu vereinen, der ihn überwältigte.

"Gerhard, ich…", begann Clara, doch ihre Stimme brach ab. Sie schien zu kämpfen, um die richtigen Worte zu finden. "Ich möchte dir vertrauen, aber ich kann nicht anders, als mich zu fragen, ob du mir auch vertraust. Wenn wir diese Reise antreten, müssen wir uns gegenseitig unterstützen, ohne Zweifel und ohne Vorbehalte."

Gerhard spürte, wie sein Herz schneller schlug. Ihre Worte schnitten durch die Unsicherheit, die zwischen ihnen stand, und er erkannte, dass er sich seinen eigenen Ängsten stellen musste. "Ich will dir vertrauen, Clara. Aber die Fragen, die ich mir stelle, sind nicht einfach zu beantworten. Was, wenn wir scheitern? Was, wenn wir mehr zerstören, als wir heilen?"

Die Intensität des Moments wuchs, und Clara trat noch näher. "Wir müssen es versuchen, Gerhard. Wir dürfen nicht zulassen, dass unsere Ängste uns zurückhalten. Das Leben ist zu kurz, um in Zweifeln zu verharren. Lass uns gemeinsam die Wahrheit suchen, egal wohin sie uns führt."

Gerhard sah in ihre Augen und spürte die Entschlossenheit, die sie ausstrahlte. Doch die Schatten der Zweifel blieben, und er wusste, dass die Beziehung zwischen ihnen auf dem Spiel stand. Vertrauen und Verrat schwebten über ihnen wie ein Damoklesschwert, bereit, alles zu zerschneiden, was sie aufgebaut hatten.

"Okay", sagte er schließlich, seine Stimme war fest, aber leise. "Lass uns gemeinsam weitergehen. Aber wir müssen ehrlich zueinander sein, ohne Geheimnisse. Nur so können wir die Herausforderungen meistern, die vor uns liegen."

Clara nickte, und ein Hauch von Erleichterung schien den Raum zu erfüllen. Doch in Gerhards Herzen blieb ein Schatten zurück, der ihn daran erinnerte, dass der Weg zur Wahrheit voller Gefahren war. Und während sie sich aufmachten, um die Geheimnisse von Warburg zu entschlüsseln, wusste er, dass die größte Herausforderung nicht nur die Wissenschaft, sondern auch die Beziehung zwischen ihnen sein würde.

9.2 Clara steht vor einer folgenschweren Entscheidung

Auf der alten Holzbank im Park von Hohenfeld verweilte Clara, umgeben von den sanften Melodien der Natur. Vögel sangen ihre Lieder, während die Blätter im leichten Wind flüsterten, doch in ihrem Inneren wütete ein Sturm. Die Entdeckung von Warburgs Tagebuch hatte nicht nur Gerhard, sondern auch sie selbst in eine existenzielle Krise gestürzt. Während sie auf den vertrauten Anblick des alten Mannes wartete, überkam sie ein Gefühl der Unruhe. Was, wenn Gerhard sich in eine Richtung bewegte, die sie nicht mittragen konnte?

Die letzten Tage waren von intensiven Gesprächen zwischen ihr und Gerhard geprägt. Seine Begeisterung für die Theorien, die er entdeckte, ließ oft die ethischen Fragen, die damit verbunden waren, in den Hintergrund treten. Clara hatte stets an die Kraft der natürlichen Heilmethoden geglaubt, an die Verbindung zwischen Mensch und Natur. Doch nun beobachtete sie, wie Gerhard von Warburgs Wissen fasziniert war, und Zweifel begannen in ihr zu nagen. War es richtig, ihn weiterhin zu unterstützen, wenn er möglicherweise in gefährliche Gewässer eintauchte?

Ein Bild aus ihrer Kindheit schoss ihr durch den Kopf: In einem kleinen Garten hatte sie gesessen, umgeben von Blumen, die ihre Farben in der Sonne entfalteten. Ihre Großmutter hatte ihr erzählt, dass jede Pflanze ihre eigene Geschichte hatte, ihre eigene Art zu heilen. Diese Erinnerungen waren tief in ihr verwurzelt, und jetzt, in diesem Moment, fühlte sie sich, als würde sie diese Wurzeln aufgeben, wenn sie Gerhard auf seinem Weg folgte.

"Clara?" Gerhards Stimme riss sie aus ihren Gedanken. Er näherte sich, sein Gesicht von einem warmen Lächeln erhellt, das jedoch die Sorgen in seinen Augen nicht verbergen konnte. "Ich habe etwas gefunden, das ich dir zeigen möchte."

Sie sah ihn an, und ein Teil von ihr wollte ihm folgen, ihn unterstützen, doch ein anderer Teil fühlte sich unwohl. "Gerhard, ich... ich weiß nicht, ob ich das alles unterstützen kann. Was, wenn wir uns in etwas verlieren, das wir nicht kontrollieren können?"

Gerhard setzte sich neben sie, seine Augen suchten nach Verständnis. "Ich verstehe deine Bedenken, aber denk an die Möglichkeiten, die sich uns bieten. Warburgs Theorien könnten das Verständnis von Krankheiten revolutionieren! Es könnte Menschen helfen, länger und gesünder zu leben."

"Aber zu welchem Preis?" Clara sprach die Worte aus, die sie in ihrem Herzen trug. "Wir müssen auch die Konsequenzen bedenken. Was ist, wenn wir in Bereiche vordringen, die wir nicht zurücknehmen können? Was ist, wenn wir das Gleichgewicht der Natur stören?"

Gerhard senkte den Blick, und für einen Moment schien die Zeit stillzustehen. Clara spürte, wie die Kluft zwischen ihnen größer wurde. Sie hatte immer an die Kraft der Natur geglaubt, an die Heilung, die sie bieten konnte. Doch hier war Gerhard, der sich in eine Welt der Wissenschaft und der Spekulation begab, die sie nicht verstand.

"Ich will nicht, dass du dich von mir distanzierst", sagte Gerhard schließlich, seine Stimme war leise, fast zerbrechlich. "Aber ich kann nicht aufhören, nach Antworten zu suchen. Das ist mein Lebenswerk."

"Und was ist mit unserem Lebenswerk? Was ist mit dem, was wir gemeinsam aufgebaut haben?" Clara fühlte, wie Tränen in ihren Augen brannten. "Ich kann nicht einfach zusehen, wie du dich in etwas verwickelst, das uns beide zerstören könnte."

Die Worte hingen schwer in der Luft, und Clara wusste, dass sie eine Entscheidung treffen musste. Sollte sie Gerhard weiterhin unterstützen, ihn ermutigen, oder sollte sie sich von ihm distanzieren, um ihre eigenen Überzeugungen zu schützen? Die Frage nagte an ihr, und sie fühlte sich gefangen zwischen ihrer Loyalität zu Gerhard und ihrem eigenen moralischen Kompass.

"Ich muss darüber nachdenken", murmelte sie schließlich, und die Unsicherheit in ihrer Stimme war unverkennbar. Gerhard nickte, und in diesem Moment schien die Welt um sie herum zu verschwinden. Sie waren allein in ihren Gedanken, gefangen in einem Netz aus Zweifeln und Ängsten.

Clara wusste, dass die Entscheidung, die sie treffen würde, nicht nur ihre Beziehung zu Gerhard beeinflussen würde, sondern auch ihre eigene Identität und Überzeugungen in Frage stellen könnte. Die Dämmerung brach herein, und mit ihr kam die Erkenntnis, dass sie sich auf einen Weg begab, der sie beide für immer verändern könnte.

9.3 Gerhard konfrontiert seine tiefsten Ängste

Die Dämmerung legte sich sanft über Hohenfeld, während eine drückende Stille in Gerhards kleiner Wohnung Einzug hielt. Die Schatten der antiken Möbel schienen zu flüstern, als ob sie ihm die unausweichliche Wahrheit ins Ohr säuseln wollten: Der Moment war gekommen, sich seinen tiefsten Ängsten zu stellen. Auf dem Tisch lag das Tagebuch von Dr. Otto Warburg, seine Seiten gefüllt mit Wissen, das sowohl Hoffnung als auch Schrecken barg. Gerhard spürte, wie sein Herz schneller schlug, während er die Worte las, die ihm die Augen für die Realität öffneten.

Warburgs Theorien über die Rolle des Sauerstoffs im Krankheitsprozess waren mehr als nur wissenschaftliche Entdeckungen; sie spiegelten seine eigene Existenz wider. Was bedeutete es, alt zu sein? Was bedeutete es, gegen die Vergänglichkeit zu kämpfen? Gerhard hatte ein Leben lang nach Antworten gesucht, doch jetzt, wo er ihnen so nahe war, fühlte er sich von der Schwere des Wissens erdrückt. Er musste entscheiden, wie er mit diesen Erkenntnissen umgehen wollte. Würde er den Mut finden, die Wahrheit zu akzeptieren, oder würde er sich in der Sicherheit der Unwissenheit verstecken?

In diesem Moment der inneren Auseinandersetzung überkam ihn eine Welle der Dringlichkeit. Die Fragen, die Warburg aufgeworfen hatte, waren nicht nur akademischer Natur; sie berührten die Essenz seines Lebens. Gerhard dachte an Clara, die junge Biologin, die ihm so viel Hoffnung gegeben hatte. Ihre Überzeugung, dass alternative Heilmethoden eine Antwort auf die Herausforderungen des Alterns bieten könnten, schien in direktem Widerspruch zu den düsteren Prognosen von Warburg zu stehen. Doch konnte er sich wirklich auf diese Hoffnung stützen, wenn die Wissenschaft ihm etwas anderes sagte?

Gerhard erhob sich und trat ans Fenster. Der Blick auf die sanften Hügel von Hohenfeld beruhigte ihn, doch die Fragen blieben. Erinnerungen an Gespräche mit David, seinem pragmatischen und skeptischen Enkel, durchzogen seinen Geist. David hatte oft gesagt, dass das Streben nach ewiger Jugend eine Illusion sei, dass das Leben in seiner Vergänglichkeit einen eigenen Wert habe. Diese Gedanken schwirrten in Gerhards Kopf, während er versuchte, einen klaren Kopf zu bewahren. Was, wenn er tatsächlich auf etwas gestoßen war, das die Welt verändern könnte? Und was, wenn er damit alles aufs Spiel setzte, was ihm lieb war?

Die Vorstellung, die Wahrheit zu enthüllen, war verlockend, doch sie war auch beängstigend. Gerhard wusste, dass er nicht nur um sein eigenes Wohl kämpfte, sondern auch um das Wohl seiner Freunde und Familie. Viktor Adler, der charismatische Antagonist, schwebte wie ein Schatten über seinen Gedanken. Adler würde alles tun, um Warburgs Wissen für seine eigenen Zwecke zu nutzen. Gerhard fühlte sich wie ein Schachspieler, der auf einem Brett stand, dessen Felder sich ständig veränderten. Jede Entscheidung könnte weitreichende Konsequenzen haben.

Gerhard atmete tief ein und schloss die Augen. In diesem Moment der Stille spürte er, wie sich seine Ängste in ihm zusammenballten. Er hatte so viele Jahre damit verbracht, die Geheimnisse des Lebens zu ergründen, und jetzt, wo er kurz davor war, sie zu entschlüsseln, fühlte er sich wie ein kleiner Junge, der vor einem riesigen Abgrund stand. Die Angst vor dem Unbekannten war überwältigend, doch gleichzeitig spürte er eine unbändige Neugier, die ihn antrieb. Er wollte wissen, was hinter dem Schleier des Lebens lag, auch wenn es bedeutete, sich seinen eigenen Dämonen zu stellen.

Die Fragen, die sich aus Warburgs Theorien ergaben, wurden immer drängender. Was, wenn er die Wahrheit entdeckte, die das gesamte Verständnis von Gesundheit und Altern revolutionieren könnte? Und was, wenn diese Entdeckung nicht nur für ihn, sondern für die gesamte Menschheit von Bedeutung war? Gerhard wusste, dass er sich entscheiden musste, und zwar bald. Die Zeit drängte, und die Ungewissheit nagte an ihm wie ein hungriger Schatten.

Als er schließlich das Tagebuch zuschlug, fühlte er sich entschlossen. Es war an der Zeit, seine Ängste zu konfrontieren und die Verantwortung für sein Wissen zu übernehmen. Gerhard wusste, dass er nicht allein war; Clara und David standen an seiner Seite, bereit, gemeinsam den Weg ins Unbekannte zu gehen. Mit einem letzten Blick auf die untergehende Sonne, die den Himmel in ein warmes Gold tauchte, spürte er, dass er bereit war, sich seinen Ängsten zu stellen. Die Vorahnung eines neuen Kapitels in seinem Leben erfüllte ihn mit einer Mischung aus Nervosität und Hoffnung.

10
Auf der Suche nach der Wahrheit

10.1 Gerhard und Clara entschlüsseln Warburgs Geheimnisse

Als die Dämmerung über Hohenfeld hereinbrach, saßen Gerhard und Clara in der kleinen Bibliothek des alten Hauses, das einst Gerhards Heimat war. Der Raum war durchdrungen von dem Duft vergilbten Papiers und der sanften Melodie des Windes, der durch die Bäume vor dem Fenster flüsterte. Gerhard blätterte behutsam durch die vergilbten Seiten des Tagebuchs von Dr. Otto Warburg, seine Augen leuchteten vor Neugier und Ehrfurcht. Clara, ihm gegenüber sitzend, hielt eine Tasse dampfenden Tees in den Händen und wartete gespannt auf die Worte, die Gerhard laut vorlas.

"Hier steht etwas über die Rolle von Sauerstoff in der Zellbiologie", begann Gerhard, seine Stimme zitterte leicht vor Aufregung. "Warburg behauptet, dass die Sauerstoffversorgung der Zellen entscheidend für die Gesundheit ist. Er spricht von einer Verbindung zwischen Sauerstoffmangel und Krankheiten wie Krebs."

Clara lehnte sich vor, ihre Augen funkelten. "Das könnte revolutionär sein! Wenn wir das verstehen, könnten wir möglicherweise neue Wege finden, um Krankheiten zu behandeln oder sogar zu verhindern." Ihre Begeisterung war ansteckend, und Gerhard spürte, wie sich ein Funke der Hoffnung in ihm entzündete.

Doch während sie die Theorien von Warburg diskutierten, schlich sich ein Gefühl der Besorgnis in Gerhards Gedanken. "Aber was ist mit den ethischen Implikationen? Wenn wir Warburgs Theorien anwenden, könnten wir uns in gefährliches Terrain begeben. Was, wenn wir das natürliche Gleichgewicht stören?"

Clara nickte nachdenklich. "Das ist ein berechtigter Punkt. Wir müssen vorsichtig sein, wie wir dieses Wissen nutzen. Aber das bedeutet nicht, dass wir es ignorieren sollten. Es könnte der Schlüssel zu einem besseren Verständnis des Alterns sein."

Gerhard sah sie an, bewunderte ihren unerschütterlichen Glauben an die Wissenschaft und die Möglichkeit, Gutes zu tun. Doch in seinem Inneren kämpfte er mit Zweifeln. "Ich habe so viele Entscheidungen in meinem Leben getroffen, Clara. Was, wenn ich die falschen Schlussfolgerungen ziehe? Was, wenn wir mehr Schaden anrichten als Nutzen bringen?"

"Wir können nicht in der Vergangenheit leben, Gerhard. Wir müssen nach vorne schauen. Das ist der einzige Weg, um die Wahrheit zu finden", erwiderte Clara mit fester Stimme. Ihre Entschlossenheit war ansteckend, und Gerhard fühlte, wie sich sein Herz mit neuer Energie füllte.

Die Stunden vergingen, während sie sich tiefer in die Theorien vertieften. Sie diskutierten über die Bedeutung von Warburgs Entdeckungen und die potenziellen Anwendungen in der modernen Medizin. Clara stellte Fragen, die Gerhard zum Nachdenken anregten, und gemeinsam entblätterten sie die Geheimnisse, die sich hinter Warburgs Worten verbargen.

Doch je mehr sie entdeckten, desto mehr spürten sie die Schwere ihrer Verantwortung. Die Erkenntnis, dass sie möglicherweise auf etwas gestoßen waren, das die Welt verändern könnte, war sowohl aufregend als auch beängstigend. Gerhard fühlte sich wie ein Entdecker, der an der Schwelle zu einem neuen Kontinent stand, während Clara die Landkarte in der Hand hielt.

"Wir müssen das weiterverfolgen", sagte Clara schließlich, ihre Stimme fest. "Wir können nicht zulassen, dass diese Informationen in Vergessenheit geraten. Wir müssen herausfinden, was Warburg wirklich wusste und wie wir es nutzen können, um Menschen zu helfen."

Gerhard nickte, aber ein Schatten des Zweifels blieb in seinem Herzen. "Was ist, wenn wir auf Widerstand stoßen? Was ist, wenn die medizinische Gemeinschaft nicht bereit ist, das zu akzeptieren?"

"Dann müssen wir bereit sein, dafür zu kämpfen", antwortete Clara leidenschaftlich. "Die Wahrheit ist es wert, verteidigt zu werden. Und wenn wir zusammenarbeiten, können wir alles erreichen."

Gerhard betrachtete sie, und in diesem Moment erkannte er, dass ihre gemeinsame Suche nach Wahrheit nicht nur eine intellektuelle Reise war, sondern auch eine emotionale. Die Dynamik zwischen ihnen wurde durch die Herausforderungen, die vor ihnen lagen, gestärkt. Sie waren nicht nur Forscher, sondern auch Verbündete im Streben nach Wissen und Verständnis.

Als die Nacht hereinbrach und die Sterne am Himmel zu funkeln begannen, wussten sie, dass sie an einem Wendepunkt standen. Ihre Entdeckungen könnten nicht nur ihr eigenes Leben verändern, sondern auch das Schicksal vieler Menschen beeinflussen. Mit einem Gefühl der Entschlossenheit und der Hoffnung auf eine bessere Zukunft machten sie sich bereit, die Geheimnisse von Warburg weiter zu entschlüsseln und die Herausforderungen, die sich ihnen stellten, zu meistern.

10.2 Enthüllungen, die die Welt erschüttern

In einem kleinen, lichtdurchfluteten Raum, der Gerhards bescheidenem Zuhause eine warme Atmosphäre verlieh, saßen Gerhard und Clara zusammen. Der aromatische Duft von frisch gebrühtem Tee vermischte sich mit der kühlen Brise, die sanft durch das offene Fenster strömte. Auf dem Tisch lag das Tagebuch von Dr. Otto Warburg, dessen vergilbte Seiten mit den Geheimnissen der Zellbiologie gefüllt waren. Gerhard blätterte behutsam durch die Blätter, während Clara neben ihm saß, ihre Augen auf die Worte gerichtet, die weit mehr bedeuteten als bloße wissenschaftliche Theorien.

"Kannst du dir vorstellen, was das für die Medizin bedeuten könnte?" fragte Clara, ihre Stimme kaum mehr als ein Flüstern, als ob sie fürchtete, die Magie des Moments zu zerstören. "Wenn Warburg tatsächlich recht hat, dann könnte das alles verändern. Wir könnten die Art und Weise, wie wir Krankheiten verstehen, revolutionieren."

Gerhard nickte, doch in seinem Inneren brodelten Zweifel. "Aber was ist der Preis?" murmelte er. "Was, wenn wir nicht bereit sind, die Konsequenzen unseres Wissens zu tragen? Die Welt ist nicht bereit für solche Wahrheiten." Seine Gedanken wanderten zurück zu den vielen Menschen, die er im Laufe seines Lebens verloren hatte, und zu den unzähligen Fragen, die nie beantwortet wurden. Warburgs Theorien schienen ihm sowohl ein Lichtstrahl als auch ein Schatten zu sein, der über seiner Seele schwebte.

Clara spürte die Schwere seiner Worte und legte eine Hand auf seinen Arm. "Wir müssen es herausfinden, Gerhard. Wir können nicht einfach wegsehen, nur weil es unbequem ist. Die Wahrheit hat das Potenzial, Leben zu retten. Denk an all die Menschen, die leiden, weil wir in alten Denkmustern gefangen sind."

In diesem Moment wurde Gerhard klar, dass Clara nicht nur seine Verbündete war, sondern auch eine treibende Kraft in seinem Leben. Ihre Leidenschaft und Entschlossenheit weckten in ihm den Mut, sich seinen eigenen Ängsten zu stellen. "Du hast recht", gestand er. "Aber ich habe Angst vor dem, was wir entdecken könnten. Was, wenn wir auf etwas stoßen, das wir nicht kontrollieren können?"

"Das ist der Punkt, Gerhard", erwiderte Clara, ihre Augen funkelten vor Überzeugung. "Wissenschaft ist nie ohne Risiko. Aber wenn wir uns nicht trauen, werden wir nie wissen, was möglich ist. Warburg hat die Grenzen des Wissens verschoben, und wir müssen das Erbe weitertragen."

Die Worte hallten in Gerhards Kopf wider, während er die Seiten des Tagebuchs erneut durchblätterte. Jedes Wort schien ihn zu rufen, jede Theorie ein Versprechen auf eine neue Realität. Doch je mehr er las, desto mehr fühlte er sich von der Verantwortung erdrückt, die mit diesem Wissen einherging. Die Vorstellung, dass ihre Entdeckungen nicht nur die medizinische Gemeinschaft, sondern auch die gesamte Gesellschaft in Frage stellen könnten, ließ ihn frösteln.

"Was, wenn wir die Menschen dazu bringen, ihr Verständnis von Gesundheit und Altern zu hinterfragen? Was, wenn sie nicht bereit sind, die Wahrheit zu akzeptieren?" fragte er, während er sich in den Gedanken verlor, was diese Enthüllungen für die Welt bedeuten könnten.

"Dann müssen wir sie vorbereiten", antwortete Clara fest. "Wir müssen die Diskussion anstoßen, die Fragen stellen, die niemand wagt zu stellen. Wir müssen die Wissenschaft zurück zu den Menschen bringen und ihnen zeigen, dass es Hoffnung gibt."

Gerhard sah sie an, und in diesem Moment spürte er, wie eine Welle der Entschlossenheit durch ihn hindurchfloss. Vielleicht war es an der Zeit, die Vergangenheit hinter sich zu lassen und sich auf die Zukunft zu konzentrieren. "Lass uns gemeinsam herausfinden, was Warburg wirklich gemeint hat", sagte er schließlich, seine Stimme fest und klar. "Lass uns die Wahrheit ans Licht bringen, egal wie unbequem sie sein mag."

Die beiden Freunde verbrachten die nächsten Stunden damit, die Theorien zu diskutieren, die Warburg in seinem Tagebuch festgehalten hatte. Sie skizzierten Pläne, um ihre Erkenntnisse zu dokumentieren und sie der Welt zu präsentieren. Doch während sie sich in ihrer Arbeit vertieften, schlich sich ein Gefühl der Unruhe in Gerhards Herzen. Was, wenn ihre Entdeckungen nicht nur erhellend, sondern auch erschütternd waren? Was, wenn sie die Welt nicht nur verändern, sondern auch destabilisieren konnten?

Diese Fragen brannten in seinem Geist, während er und Clara in die Nacht hinein arbeiteten, entschlossen, die Geheimnisse von Warburg zu entschlüsseln und die Welt mit ihrem Wissen zu konfrontieren. Doch die Dunkelheit, die sie umgab, schien auch die Schatten ihrer eigenen Ängste zu reflektieren – Ängste, die sie bald konfrontieren müssten, wenn sie sich auf die Reise begeben würden, die alles verändern könnte.

10.3 Ein unerwarteter Verbündeter tritt in Erscheinung

Als die Dämmerung über Hohenfeld hereinbrach, fanden sich Gerhard und Clara in einem kleinen, versteckten Café ein, das sie oft aufsuchten, um den Geheimnissen von Warburg nachzuspüren. Der Raum strahlte Wärme und Geborgenheit aus, während die Wände mit alten Fotografien des Städtchens geschmückt waren, die Geschichten längst vergangener Zeiten erzählten. Hier fühlte sich Gerhard wohl, doch die drängenden Fragen, die ihn quälten, ließen ihm keine Ruhe. "Was, wenn wir nicht alle Antworten finden? Was, wenn Adlers Pläne bereits zu weit fortgeschritten sind?" murmelte er, während er nervös an seiner Tasse drehte.

Clara sah ihn an, ihre Augen funkelten vor Entschlossenheit. "Wir dürfen nicht aufgeben, Gerhard. Wir haben Warburgs Wissen, und es gibt noch so viel, was wir entdecken können. Vielleicht ist es an der Zeit, dass wir Hilfe suchen." Ihre Worte hallten in Gerhards Kopf wider, wie ein Echo, das ihn daran erinnerte, dass er nicht allein war. Doch wer könnte ihnen helfen? In diesem Moment öffnete sich die Tür des Cafés, und ein neuer Charakter trat ein – ein junger Mann mit strahlend roten Haaren und einem breiten Lächeln, das sofort eine Atmosphäre der Unbeschwertheit verbreitete.

"Entschuldigung, ich habe gehört, dass hier die besten Diskussionen über Wissenschaft stattfinden! Darf ich mich zu Ihnen setzen?" fragte er, ohne auf eine Antwort zu warten. Gerhard und Clara schauten sich verwirrt an, doch die Offenheit des Fremden war ansteckend. "Ich bin Leo, ein Student der Biologie, und ich habe von Ihren Recherchen über Dr. Warburg gehört. Ich würde gerne mehr darüber erfahren!"

Gerhard war überrascht. Leo war nicht nur enthusiastisch, sondern auch gut informiert. Während sie ins Gespräch kamen, stellte sich heraus, dass Leo einige interessante Theorien über die Zellbiologie entwickelt hatte, die Warburgs Arbeiten ergänzten. "Ich glaube, dass wir Warburgs Theorien mit modernen Ansätzen kombinieren können. Wenn wir Sauerstoff als Schlüssel zur Zellgesundheit betrachten, könnten wir neue Wege finden, um Krankheiten zu verstehen und zu behandeln", erklärte Leo leidenschaftlich.

Clara nickte zustimmend. "Das ist genau die Art von frischem Blick, die wir brauchen! Gemeinsam könnten wir die Grenzen des Wissens erweitern und vielleicht sogar Adlers Pläne durchkreuzen." Gerhard spürte, wie sich eine Welle der Hoffnung in ihm regte. Die Dynamik zwischen den dreien entwickelte sich schnell, und sie begannen, Ideen auszutauschen, als wären sie alte Freunde. Es war, als ob Leo das fehlende Puzzlestück in ihrem Streben nach Wahrheit war.

Während sie diskutierten, bemerkte Gerhard, wie sich seine Sorgen allmählich auflösten. Leo brachte nicht nur neues Wissen, sondern auch eine Leichtigkeit in die Gespräche, die ihm half, die Schwere seiner eigenen Gedanken abzulegen. "Wir sind nicht allein in diesem Kampf", dachte Gerhard, als er Clara ansah, die ebenfalls von Leos Energie angesteckt war. "Gemeinsam können wir die Herausforderungen meistern, die vor uns liegen."

Die Stunden vergingen wie im Flug, und als die letzten Sonnenstrahlen durch die Fenster fielen, spürte Gerhard, dass sich etwas in ihm verändert hatte. Die Gespräche hatten nicht nur seine Sicht auf Warburgs Theorien erweitert, sondern auch seine Überzeugung gestärkt, dass es möglich war, einen Unterschied zu machen. "Wenn wir zusammenarbeiten, können wir die Wahrheit ans Licht bringen und die Welt verändern", sagte er mit neuem Elan.

Als sie das Café verließen, war die Nacht hereingebrochen, und die Sterne funkelten am Himmel. Gerhard fühlte sich lebendig, als hätte er eine neue Perspektive auf das Leben gewonnen. "Wir werden die Geheimnisse von Warburg entschlüsseln", versprach er sich selbst und seinen neuen Freunden. "Und wir werden dabei nicht scheitern."

Mit einem Gefühl der Hoffnung und Entschlossenheit in ihren Herzen machten sich Gerhard, Clara und Leo auf den Weg, bereit, sich den Herausforderungen zu stellen, die vor ihnen lagen. Sie waren nicht länger allein; sie hatten einander, und das gab ihnen die Kraft, die sie brauchten, um die Dunkelheit zu durchdringen und die Wahrheit zu finden.

11
Der Preis der ewigen Jugend

11.1 Gerhard reflektiert über die Illusion der Jugend

In der sanften Dämmerung von Hohenfeld, wo die Schatten alter Bäume wie vertraute Erinnerungen über den gepflasterten Weg flossen, saß Gerhard Lichtenfels auf einer Parkbank. Der 109-jährige Mann betrachtete nachdenklich die blühenden Sträucher und die sanften Hügel, die das kleine Städtchen umschlossen. Der süße Duft der Blumen erfüllte die Luft, während das Zwitschern der Vögel ihm wie eine Melodie aus längst vergangenen Zeiten ins Ohr drang. Doch trotz dieser Idylle wühlten Fragen in seinem Inneren, die ihn nicht losließen.

Kürzlich hatte Gerhard das Tagebuch von Dr. Otto Warburg entdeckt, dessen Theorien über Zellbiologie und die Rolle des Sauerstoffs bei Krankheiten ihn tief beeindruckt hatten. Während er über die faszinierenden Entdeckungen nachdachte, überkam ihn ein Gefühl der Unruhe. Warburgs Ideen schienen ihm einen Schlüssel zur Unsterblichkeit zu bieten, doch was bedeutete es wirklich, ewig jung zu sein? War es ein Segen oder ein Fluch?

Die Vorstellung, dass das Streben nach ewiger Jugend auch Schattenseiten haben könnte, nagte an ihm. Er erinnerte sich an die Gesichter seiner verstorbenen Freunde und Verwandten, die er im Laufe der Jahre verloren hatte. Jeder Verlust war wie ein weiterer Schatten, der sich über sein Leben legte. In seinen Gedanken sah er die Gesichter seiner Jugend, voller Hoffnung und Träume, die nun verblasst waren. Was war aus diesen Träumen geworden? Hatte er das Leben gelebt, das er sich gewünscht hatte, oder war er in einem ständigen Streben nach mehr gefangen gewesen?

Gerhard spürte, wie die Fragen in ihm wucherten, und er fragte sich, ob das Streben nach Unsterblichkeit nicht auch eine Flucht vor der Realität war. Die Vergänglichkeit des Lebens war eine Wahrheit, die er nicht ignorieren konnte. Jedes Jahr, das verging, brachte neue Herausforderungen, aber auch neue Einsichten. Das Altern war nicht nur ein physischer Prozess; es war auch eine Reise der Selbstentdeckung. Er hatte gelernt, die kleinen Dinge zu schätzen – das Lächeln eines Freundes, die Wärme der Sonne auf seiner Haut, die Farben des Herbstes. Diese Momente waren es, die sein Leben bereicherten und ihm Bedeutung gaben.

Doch jetzt, mit dem Wissen aus Warburgs Tagebuch, stellte sich ihm die Frage: War es ethisch vertretbar, die natürlichen Grenzen des Lebens zu überschreiten? Gerhard fühlte sich hin- und hergerissen zwischen dem Wunsch, die Geheimnisse des Lebens zu entschlüsseln, und der Angst vor den Konsequenzen. Er wusste, dass das Streben nach ewiger Jugend auch ethische Dilemmata mit sich bringen konnte. Welche Verantwortung trug er, wenn er die Grenzen des Lebens manipulierte? Und was würde das für die Menschheit bedeuten?

Während er darüber nachdachte, kam ihm der Gedanke an Viktor Adler, den charismatischen Arzt, dessen Ambitionen in direktem Widerspruch zu seinen eigenen Überzeugungen standen. Adler war bereit, alles zu tun, um die Jugendlichkeit zurückzugewinnen, selbst wenn dies bedeutete, die ethischen Grenzen zu überschreiten. Gerhard spürte, dass Adlers Vision gefährlich war und dass er sich gegen diese dunklen Ambitionen behaupten musste. Aber wie konnte er das tun, ohne selbst in die Falle des Machtspiels zu tappen?

In diesem Moment wurde ihm klar, dass er nicht nur gegen Adler kämpfen musste, sondern auch gegen die eigenen Zweifel, die ihn quälten. Er musste sich seinen Ängsten stellen und die Werte, die ihm wichtig waren, neu definieren. Die Fragen, die er sich stellte, waren nicht nur philosophischer Natur; sie betrafen sein ganzes Leben und die Entscheidungen, die er getroffen hatte. Was bedeutete es, wirklich zu leben? War es der unaufhörliche Drang nach mehr, oder war es die Fähigkeit, im Moment zu leben und die Schönheit des Lebens zu schätzen?

Gerhard atmete tief ein und ließ die frische Luft seine Lungen füllen. Er wusste, dass er sich auf eine Reise begeben musste, die ihn nicht nur mit den Geheimnissen von Warburg konfrontieren würde, sondern auch mit den tiefsten Fragen seines eigenen Lebens. Die Illusion der ewigen Jugend war verlockend, aber die Realität des Alterns war es, die ihm die Möglichkeit gab, zu wachsen und zu lernen. Er musste herausfinden, wie er diese beiden Welten miteinander verbinden konnte, ohne seine Seele zu verlieren.

Mit einem neuen Gefühl der Entschlossenheit erhob sich Gerhard von der Bank. Die Dämmerung um ihn herum war nun tiefer geworden, und die Sterne begannen, am Himmel zu funkeln. Er wusste, dass er sich den Herausforderungen stellen musste, die vor ihm lagen, und dass er bereit war, die Wahrheit über das Leben und das Altern zu suchen – egal, wo sie ihn hinführen würde.

11.2 Die Schattenseiten von Adlers Methoden

Die Dämmerung senkte sich sanft über Hohenfeld, während die Schatten der ehrwürdigen Bäume Gerhard Lichtenfels in eine tiefere Reflexion zogen. In den letzten Tagen hatte er sich intensiv mit den Theorien von Dr. Otto Warburg auseinandergesetzt, doch die Enthüllungen über Viktor Adler und dessen Ambitionen lasteten schwer auf seinem Gemüt. Es war nicht nur das Wissen um die wissenschaftlichen Möglichkeiten, die Warburgs Entdeckungen boten, sondern auch die düstere Erkenntnis, dass dieses Wissen in den falschen Händen katastrophale Folgen nach sich ziehen könnte.

"Clara, hast du je darüber nachgedacht, was es bedeutet, wenn jemand wie Adler die Kontrolle über solch mächtige Informationen hat?" fragte Gerhard, während sie in seinem kleinen Arbeitszimmer saßen, umgeben von Büchern und Notizen. Clara, die junge Biologin mit einer Leidenschaft für alternative Heilmethoden, sah ihn nachdenklich an. Ihre Augen spiegelten sowohl Verständnis als auch Besorgnis wider.

"Ja, ich habe darüber nachgedacht. Aber ich glaube, wir müssen auch die positiven Aspekte betrachten. Warburgs Theorien könnten uns helfen, Krankheiten zu verstehen und vielleicht sogar zu heilen. Aber..." Sie zögerte, als ob sie die Worte abwägen wollte. "Aber wir müssen sicherstellen, dass wir die ethischen Implikationen nicht ignorieren."

Gerhard nickte, seine Gedanken wirbelten. "Adler sieht in Warburgs Wissen eine Möglichkeit, die Jugendlichkeit zurückzugewinnen. Er ist bereit, alles zu tun, um seine Ziele zu erreichen, ohne Rücksicht auf die Konsequenzen. Das ist beängstigend."

Die Vorstellung, dass Adler die Geheimnisse von Warburg für seine eigenen Zwecke nutzen könnte, ließ Gerhard frösteln. Er dachte an die vielen Menschen, die unter Krankheiten litten, und daran, wie schnell das Streben nach ewiger Jugend in einen gefährlichen Wahnsinn umschlagen konnte. Die ethischen Fragen, die sich aus Adlers Ambitionen ergaben, wurden zu einem zentralen Konflikt, der Gerhards Entscheidungen in den kommenden Kapiteln beeinflussen würde.

"Wir müssen einen Plan entwickeln, um ihn aufzuhalten", sagte Clara entschlossen. "Wenn wir nicht handeln, könnte er die Macht haben, die Welt zu verändern – und nicht zum Besseren."

Gerhard fühlte sich hin- und hergerissen. Auf der einen Seite war da die Verantwortung, die Wahrheit ans Licht zu bringen, und auf der anderen Seite die Angst vor den möglichen Konsequenzen. Was, wenn sie scheiterten? Was, wenn sie Adler in die Hände spielten? Die Gedanken quälten ihn, während er versuchte, einen klaren Kopf zu bewahren.

"Was, wenn wir nicht genug wissen? Was, wenn wir die Dinge nicht richtig einschätzen?" murmelte er, während er durch das Fenster auf die untergehende Sonne starrte. "Es gibt so viele Unbekannte."

"Gerhard, wir können nicht in Angst leben. Wir müssen das Risiko eingehen, um das Richtige zu tun. Wenn wir Adlers Pläne nicht stoppen, werden wir die Konsequenzen tragen müssen – und nicht nur wir, sondern viele andere auch." Claras Stimme war fest, und ihre Überzeugung gab Gerhard einen Funken Hoffnung.

"Du hast recht", gestand er schließlich. "Wir müssen uns der Herausforderung stellen. Aber ich fühle mich, als ob ich in einen Strudel aus moralischen Dilemmata gezogen werde. Wie können wir sicher sein, dass wir die richtigen Entscheidungen treffen?"

Clara legte eine Hand auf seinen Arm. "Indem wir uns gegenseitig unterstützen und die Prinzipien, die uns leiten, nie aus den Augen verlieren. Wir müssen die ethischen Implikationen unserer Entdeckungen ernst nehmen und uns fragen, was wir wirklich erreichen wollen."

Die Gespräche zwischen Gerhard und Clara vertieften sich, während sie die möglichen Szenarien durchspielten. Sie diskutierten die Risiken und Chancen, die sich aus Warburgs Theorien ergaben, und die moralischen Fragen, die damit verbunden waren. Je mehr sie über Adlers Methoden nachdachten, desto klarer wurde ihnen, dass sie nicht nur gegen einen Mann kämpften, sondern gegen eine Ideologie, die die Grenzen der Wissenschaft und der Menschlichkeit herausforderte.

"Wir müssen sicherstellen, dass unser Wissen nicht missbraucht wird", sagte Gerhard schließlich. "Wir müssen die Wahrheit schützen, egal zu welchem Preis."

Die Dunkelheit brach über Hohenfeld herein, und die beiden Freunde wussten, dass die Zeit drängte. Der Wettlauf gegen Adler hatte begonnen, und die Schatten seiner Methoden würden sie nicht loslassen, bis sie die Wahrheit ans Licht gebracht hatten. Die ethischen Dilemmata, die sie konfrontierten, waren nicht nur Herausforderungen, sondern auch Gelegenheiten zur persönlichen und gemeinschaftlichen Entwicklung. Gerhard spürte, dass dies der Beginn einer entscheidenden Reise war, die nicht nur sein Leben, sondern auch das vieler anderer verändern könnte.

11.3 Ein Gespräch über die Natur des Alterns

Sanft legte sich die Dämmerung über Hohenfeld, während Gerhard und Clara auf einer verwitterten Bank im Park Platz genommen hatten. Die letzten Strahlen der Sonne zauberten goldene Linien auf das grüne Blätterdach, und der verführerische Duft von frisch gebackenem Brot strömte aus der nahegelegenen Bäckerei herüber. Gerhard fühlte, wie die kühle Abendluft seine Wangen umschmeichelte, und in diesem Moment der Stille erlebte er eine Intensität des Lebens, die ihn lebendiger erscheinen ließ als je zuvor.

"Clara," begann er, seine Stimme kaum mehr als ein Flüstern, als ob er ein kostbares Geheimnis lüften wollte. "Was bedeutet es wirklich, alt zu sein?" Diese Frage schwebte zwischen ihnen, schwer und voller Bedeutung, während Clara ihn mit ihren warmen, verständnisvollen Augen betrachtete.

"Das Altern ist weit mehr als nur eine Zahl, Gerhard. Es ist ein Mosaik aus Erfahrungen und Erinnerungen, die uns prägen. Jeder Faltenzug erzählt eine Geschichte, jede graue Haarsträhne ist ein Zeichen für ein gelebtes Leben." Ihre Leidenschaft steckte Gerhard an. "Doch es ist auch eine Herausforderung. Wir müssen lernen, loszulassen, uns zu wandeln und die Schönheit in der Vergänglichkeit zu erkennen."

Nachdenklich nickte Gerhard. "Oft habe ich darüber nachgedacht, was es bedeutet, die Kontrolle über das eigene Leben zu verlieren. Ich sehe, wie meine Freunde und Verwandten von mir gehen, und ich frage mich, ob ich bereit bin, diesen Weg zu beschreiten." Seine Stimme zitterte leicht, als er die Schwere seiner Gedanken offenbarte.

"Es ist ganz normal, Angst vor dem Unbekannten zu empfinden," erwiderte Clara sanft. "Aber das Altern kann auch Freiheit mit sich bringen. Freiheit von den Erwartungen, die wir uns selbst auferlegt haben. Endlich können wir die Dinge tun, die uns wirklich erfüllen."

"Und was ist mit dem Verlust? Mit der Einsamkeit?" fragte Gerhard, seine Augen suchten Claras Gesicht nach Antworten. "So viele Menschen, die mir wichtig waren, habe ich verloren. Wie kann ich damit umgehen?"

"Indem du die Liebe und die Erinnerungen, die du mit ihnen geteilt hast, in deinem Herzen bewahrst," antwortete Clara, ihre Stimme fest und beruhigend. "Sie leben in dir weiter, in den Geschichten, die du erzählst, in den Lektionen, die du gelernt hast. Und du bist nicht allein, Gerhard. Du hast mich, David und all die Menschen, die dich schätzen."

Ein warmer Schimmer breitete sich in Gerhards Herzen aus. Clara hatte recht. Inmitten der Trauer gab es auch Freude, und inmitten des Verlustes die Möglichkeit, neue Verbindungen zu knüpfen. "Ich habe das Gefühl, dass ich in dieser Phase meines Lebens noch so viel lernen kann," gestand er. "Doch manchmal fühle ich mich verloren, als wüsste ich nicht mehr, wo ich hingehöre."

"Das ist verständlich," sagte Clara. "Das Leben ist ein ständiger Wandel. Vielleicht ist es an der Zeit, neue Wege zu erkunden, neue Perspektiven zuzulassen. Das Tagebuch von Warburg könnte dir helfen, nicht nur das Altern zu verstehen, sondern auch die Wissenschaft hinter dem Leben selbst."

"Ja, das denke ich auch," antwortete Gerhard nachdenklich. "Es gibt so viele Fragen, die ich noch beantworten möchte. Vielleicht ist das der Schlüssel – nicht nur das Altern zu akzeptieren, sondern aktiv daran teilzunehmen, es zu verstehen und sogar zu beeinflussen."

"Genau! Du bist nie zu alt, um zu lernen oder zu wachsen. Lass uns gemeinsam die Geheimnisse erforschen, die Warburg hinterlassen hat. Es könnte uns beide bereichern," ermutigte Clara ihn, ihre Augen funkelten vor Begeisterung.

Gerhard lächelte, und in diesem Moment fühlte er, als würde ein neuer Lebensabschnitt beginnen. Die Gespräche über das Altern, die Herausforderungen und die Möglichkeiten hatten ihm einen neuen Blick auf seine Existenz eröffnet. Er war bereit, sich den Veränderungen zu stellen, die vor ihm lagen, und die Ideen, die Clara ihm nahebrachte, zuzulassen.

"Danke, Clara. Ich glaube, ich bin bereit, mich auf diese Reise einzulassen," sagte er schließlich, seine Stimme voller Entschlossenheit. "Lass uns herausfinden, was das Leben noch für uns bereithält."

Und während die Nacht über Hohenfeld hereinbrach, saßen sie zusammen, voller Hoffnung und Vorfreude auf das, was kommen würde, bereit, die Geheimnisse des Lebens und des Alterns zu entschlüsseln.

12

Der Wendepunkt der Entscheidungen

12.1 Ein Ereignis, das alles verändert

Die Dämmerung legte sich sanft über Hohenfeld, während Gerhard Lichtenfels auf der Veranda seines bescheidenen Hauses saß und den harmonischen Klängen der Natur lauschte. Die Vögel stimmten ihre letzten Lieder des Tages an, während die Sonne allmählich hinter den Hügeln verschwand. In diesem Moment der Stille überkam ihn ein vertrautes Gefühl der Melancholie, durchzogen von einer tiefen Sehnsucht nach den unerfüllten Träumen seines langen Lebens. Trotz seiner 109 Jahre war es die Ungewissheit über die Zukunft, die ihn mehr beschäftigte als die Erinnerungen an vergangene Zeiten.

Gerhard war in Gedanken versunken, als plötzlich ein lautes Klopfen an der Tür seine Überlegungen unterbrach. Verwundert erhob er sich und öffnete die Tür. Vor ihm stand Clara Weiss, seine treue Freundin und Verbündete in der Suche nach den Geheimnissen von Dr. Otto Warburg. Ihr Gesicht war blass, und ihre Augen funkelten vor Aufregung und Besorgnis.

"Gerhard, du musst sofort kommen! Es gibt etwas, das du sehen musst!" rief sie atemlos. Ihre Stimme war drängend, und Gerhard spürte, wie sich ein mulmiges Gefühl in seiner Magengegend breit machte. Was konnte so wichtig sein, dass es Clara dazu brachte, ihn so hastig zu suchen?

"Was ist los, Clara? Was hat dich so aufgeregt?" fragte er, während er ihr folgte. Sie führte ihn hastig durch die Straßen des kleinen Städtchens, vorbei an den vertrauten Häusern, die er seit Jahrzehnten kannte. Die Luft war kühl, und die ersten Sterne begannen am Himmel zu funkeln, doch Gerhards Gedanken waren nur bei Clara und dem, was sie ihm mitteilen wollte.

Es geht um Viktor Adler, begann Clara, während sie weitergingen. Er hat eine Präsentation im Gemeindezentrum angekündigt. Er behauptet, er habe die Geheimnisse von Warburg entschlüsselt und will sie der Öffentlichkeit vorstellen.

Gerhard blieb abrupt stehen. Viktor Adler, der charismatische und ehrgeizige Wissenschaftler, war bekannt für seine kontroversen Ansichten und seine Bereitschaft, Grenzen zu überschreiten, um seine Ziele zu erreichen. "Das kann nicht gut enden," murmelte Gerhard, während er sich an die Warnungen erinnerte, die er selbst über Adlers Methoden gehört hatte. "Wenn er Warburgs Theorien missbraucht, könnte das katastrophale Folgen haben."

"Genau deshalb müssen wir handeln! Wenn wir nicht eingreifen, könnte er das Wissen für seine eigenen finsteren Pläne nutzen. Du weißt, wie gefährlich er sein kann," sagte Clara eindringlich.

Gerhard spürte, wie sich die Sorgen in seinem Kopf zu einem Sturm formierten. Er hatte sich in den letzten Wochen intensiv mit Warburgs Tagebuch beschäftigt und war sich der ethischen Dilemmata bewusst, die sich aus den Entdeckungen ergaben. Nun stand er vor einer Entscheidung, die nicht nur sein eigenes Leben, sondern auch das Schicksal vieler anderer beeinflussen könnte.

"Ich kann nicht einfach zusehen, wie er das Wissen missbraucht," sagte Gerhard schließlich, seine Stimme fest. "Wir müssen einen Plan schmieden, um seine Präsentation zu sabotieren. Aber ich brauche deine Hilfe, Clara. Du kennst die wissenschaftlichen Details besser als ich."

Clara nickte, ihre Augen leuchteten vor Entschlossenheit. "Gemeinsam können wir das schaffen. Wir müssen die Menschen warnen und sie dazu bringen, die Wahrheit über Adlers Absichten zu erkennen."

Gerhard fühlte, wie sich ein Funke der Hoffnung in ihm regte. Vielleicht war dies der Wendepunkt, den er unbewusst gesucht hatte. Ein unerwartetes Ereignis, das ihn zwingt, sich mit den Konsequenzen seiner Entscheidungen auseinanderzusetzen. Diese Situation brachte sowohl Herausforderungen als auch Chancen mit sich und zwang ihn, seine Prioritäten zu überdenken.

Während sie in das Gemeindezentrum gingen, überkam ihn eine Welle der Nervosität. Was, wenn sie scheiterten? Was, wenn Adler seine Pläne tatsächlich umsetzen konnte? Doch gleichzeitig spürte er auch eine Entschlossenheit, die ihn antrieb. Er hatte nicht nur für sich selbst, sondern auch für die kommenden Generationen zu kämpfen. Der Gedanke daran, dass dies möglicherweise ein Wendepunkt in seinem Leben war, gab ihm die Kraft, weiterzumachen.

Als sie das Gemeindezentrum betraten, war der Raum bereits mit Menschen gefüllt, die gespannt auf Adlers Präsentation warteten. Gerhard und Clara schauten sich an, und in diesem Moment wussten sie, dass sie bereit waren, alles zu riskieren, um die Wahrheit ans Licht zu bringen. Der Wettlauf gegen die Zeit hatte begonnen.

12.2 Gerhard steht vor einer entscheidenden Wahl

In seinem kleinen, behaglichen Arbeitszimmer, durchflutet von der sanften Abendsonne, saß Gerhard und ließ seinen Blick über die Regale wandern, die mit Büchern gefüllt waren – Zeugen seiner langen Lebensreise. Doch an diesem besonderen Tag waren es nicht die Geschichten und Ideen, die ihn fesselten, sondern die eindringlichen Worte aus dem Tagebuch von Dr. Otto Warburg, die wie ein dunkler Schatten über ihm schwebten. Die Entdeckungen, die er gemacht hatte, waren sowohl faszinierend als auch beunruhigend. Sie hatten in ihm einen inneren Konflikt entfacht, der ihn zwang, seine tiefsten Überzeugungen und Werte zu hinterfragen.

Die Möglichkeit, dass Warburgs Theorien die Antworten auf die drängenden Fragen des Alterns und der Gesundheit bereithielten, war verlockend. Doch je mehr Gerhard darüber nachdachte, desto klarer wurde ihm, dass dieses Wissen auch eine immense Verantwortung mit sich brachte. Was, wenn er diese Informationen für egoistische Zwecke nutzen würde? Was, wenn er die ethischen Grenzen überschreiten würde, die die Natur ihm auferlegt hatte? Diese Fragen nagten an ihm und verstärkten die innere Zerrissenheit, die ihn seit seiner Entdeckung des Tagebuchs begleitete.

Plötzlich klopfte Clara an die Tür und trat ein. Ihr Lächeln war warm und einladend, doch Gerhard konnte die Besorgnis in ihren Augen erkennen. "Gerhard, ich habe über unsere letzten Gespräche nachgedacht", begann sie, während sie sich ihm näherte. "Ich mache mir Sorgen um dich. Du scheinst so tief in diese Theorien eingetaucht zu sein, dass du die Realität aus den Augen verlierst."

Gerhard seufzte und ließ seinen Blick auf das Tagebuch fallen, das offen auf dem Tisch lag. "Es ist nicht nur Wissenschaft, Clara. Es ist eine Möglichkeit, das Altern zu verstehen und vielleicht sogar zu beeinflussen. Aber..." Er hielt inne, unsicher, wie er seine Gedanken formulieren sollte. "Aber was, wenn ich damit die natürlichen Gesetze des Lebens verletze? Was, wenn ich die Grenzen überschreite, die wir nicht überschreiten sollten?"

Clara setzte sich auf die Kante seines Schreibtisches und sah ihn direkt an. "Du bist nicht allein in dieser Entscheidung, Gerhard. Wir stehen gemeinsam an diesem Punkt. Aber ich glaube, dass es wichtig ist, die ethischen Implikationen zu bedenken. Was bedeutet es für uns, wenn wir versuchen, die Natur zu manipulieren? Und was ist mit den Menschen, die wir lieben? Wie werden sie betroffen sein?"

Diese Fragen trafen Gerhard wie ein Schlag. Er dachte an David, seinen Enkel, der so voller Leben und Hoffnung war. "Ich möchte nicht, dass David in eine Welt hineingeboren wird, in der das Streben nach ewiger Jugend alles andere überlagert. Ich will nicht, dass er die gleichen Fehler macht, die ich gemacht habe", murmelte er.

Clara nickte verständnisvoll. "Das ist der Kern deiner Entscheidung, nicht wahr? Es geht nicht nur um dich oder deine Entdeckungen. Es geht darum, wie wir als Gesellschaft mit diesen Erkenntnissen umgehen. Wir müssen die Verantwortung übernehmen, die mit unserem Wissen einhergeht."

Gerhard fühlte, wie sich ein Kloß in seinem Hals bildete. Er wusste, dass Clara recht hatte. Die Verantwortung, die mit dem Wissen um Warburgs Theorien einherging, war enorm. Er konnte nicht einfach blindlings handeln, ohne die möglichen Konsequenzen zu bedenken. "Was, wenn ich die falsche Entscheidung treffe? Was, wenn ich die Menschen, die ich liebe, in Gefahr bringe?"

"Dann müssen wir zusammenarbeiten, um sicherzustellen, dass wir die richtigen Entscheidungen treffen", antwortete Clara sanft. "Wir können nicht alle Antworten haben, aber wir können gemeinsam nach Lösungen suchen. Das ist der Weg, den wir wählen sollten."

Gerhard sah in Claras Augen und spürte eine Welle der Dankbarkeit. Ihre Unterstützung gab ihm Kraft, die er dringend benötigte. Doch die Wahl, die vor ihm lag, war nicht einfach. Es war eine Entscheidung, die seine Beziehung zu Clara und seine eigenen Überzeugungen in Frage stellte. Er fühlte sich hin- und hergerissen zwischen dem Verlangen, die Geheimnisse des Alterns zu entschlüsseln, und der Angst vor den Konsequenzen, die diese Entdeckungen mit sich bringen könnten.

In diesem Moment wurde ihm klar, dass er nicht nur für sich selbst entscheiden musste, sondern auch für die Menschen, die ihm am Herzen lagen. Diese Erkenntnis führte zu einem tiefen inneren Konflikt, der ihn zwang, sich seinen Ängsten zu stellen. Die Spannung zwischen ihm und Clara wuchs, während sie beide erkannten, dass die Entscheidungen, die sie treffen würden, weitreichende Folgen haben könnten.

"Ich werde darüber nachdenken", sagte Gerhard schließlich, seine Stimme fest, aber leise. "Ich muss sicherstellen, dass ich die richtige Wahl treffe – nicht nur für mich, sondern für alle, die ich liebe."

12.3 Clara und David bieten Unterstützung

In der sanften Stille des späten Nachmittags, während die Sonne langsam hinter den sanften Hügeln von Hohenfeld verschwand, saßen Gerhard, Clara und David in dem kleinen, behaglichen Wohnzimmer des alten Hauses. Die Wände waren geschmückt mit Erinnerungen – Fotografien aus einer Ära, die für Gerhard längst vergangen schien, doch in seinem Herzen lebendig blieb. Umgeben von den Schatten seiner Vergangenheit fühlte er sich oft verloren. Doch heute war alles anders. Clara und David waren an seiner Seite, und ihre Anwesenheit verlieh ihm neue Kraft.

"Gerhard," begann Clara mit ihrer warmen Stimme, "wir wissen, dass du vor einer schwierigen Entscheidung stehst. Aber du bist nicht allein. Wir sind hier, um dir zu helfen." Ihre Augen strahlten Mitgefühl aus, und Gerhard spürte, wie ein Teil seiner inneren Anspannung nachließ. David, der an der Fensterbank lehnte, nickte zustimmend. "Wir alle haben Fragen, und es ist in Ordnung, sich unsicher zu fühlen. Aber gemeinsam können wir die Antworten finden."

Gerhard sah zwischen den beiden hin und her. Clara, die junge Biologin mit ihren visionären Ideen, und David, sein pragmatischer Enkel, der frischen Wind in sein Leben brachte. Sie waren die Anker in einem Sturm von Gedanken und Zweifeln, der ihn umgab. "Ich habe das Gefühl, dass ich etwas Wichtiges entdeckt habe, etwas, das mein Leben verändern könnte", gestand er, und seine Stimme zitterte leicht. "Aber ich weiß nicht, ob ich bereit bin, die Konsequenzen zu tragen."

Clara beugte sich vor und legte eine Hand auf seinen Arm. "Das ist normal, Gerhard. Die Suche nach Wahrheit ist nie einfach. Warburgs Theorien sind revolutionär, aber sie bringen auch Verantwortung mit sich. Es ist wichtig, dass du dir über deine Werte im Klaren bist, bevor du entscheidest, wie du mit diesem Wissen umgehen willst."

David fügte hinzu: "Es ist wie bei einem Experiment. Manchmal muss man Risiken eingehen, um neue Erkenntnisse zu gewinnen. Aber du musst auch die möglichen Folgen bedenken. Wir stehen hinter dir, egal, welche Entscheidung du triffst." Seine Worte waren ehrlich und unmissverständlich, und Gerhard fühlte sich durch ihre Unterstützung gestärkt.

Die drei begannen, die verschiedenen Aspekte von Warburgs Theorien zu diskutieren. Clara brachte ihre Kenntnisse über alternative Heilmethoden ein, während David die praktischen Implikationen hinterfragte. Gerhard hörte aufmerksam zu, während ihre Stimmen sich vermischten und eine harmonische Melodie der Zusammenarbeit bildeten. In diesem Moment wurde ihm klar, dass die Suche nach Wahrheit nicht nur eine individuelle Reise war, sondern auch eine gemeinsame. Gemeinsam konnten sie die Herausforderungen bewältigen, die vor ihnen lagen.

"Ich habe oft gedacht, dass ich in meinem Alter keine neuen Wege mehr gehen kann", murmelte Gerhard nachdenklich. "Aber vielleicht ist es gerade jetzt an der Zeit, meine Perspektive zu ändern." Clara lächelte ermutigend. "Es ist nie zu spät, Gerhard. Jeder Tag bietet die Möglichkeit, neu zu beginnen und zu lernen. Deine Erfahrungen sind wertvoll, und sie können uns allen helfen, die Geheimnisse des Lebens besser zu verstehen."

Die Gespräche flossen weiter, und Gerhard fühlte, wie sich eine Welle der Hoffnung in ihm aufbaute. Er erkannte, dass er nicht allein war in seinem Streben nach Wahrheit. Clara und David waren nicht nur Unterstützer; sie waren seine Verbündeten in einer gemeinsamen Mission. Diese Dynamik stärkte nicht nur ihre Bindung, sondern auch Gerhards Entschlossenheit, die Herausforderungen anzunehmen, die sich ihm stellten.

Als die Dämmerung hereinbrach und die ersten Sterne am Himmel funkelten, spürte Gerhard eine tiefe Dankbarkeit für die Menschen um ihn herum. Sie hatten ihm nicht nur geholfen, seine Ängste zu konfrontieren, sondern auch seine innere Stärke wiederentdeckt. In dieser Gemeinschaft fand er den Mut, die nächsten Schritte zu wagen. Und während er auf die vertrauten Gesichter von Clara und David blickte, wusste er, dass er bereit war, sich den Fragen zu stellen, die sich aus Warburgs Theorien ergaben. Gemeinsam würden sie die Wahrheit suchen und die Geheimnisse des Lebens entschlüsseln.

Mit einem neuen Gefühl der Hoffnung und Entschlossenheit blickte Gerhard in die Zukunft. Er war bereit, sich den Herausforderungen zu stellen, die auf ihn warteten, und wusste, dass er dabei nicht allein war.

13
Konfrontation der Ideale

13.1 Gerhard trifft auf Viktor Adler

Ein sanfter Schleier der Dämmerung legte sich über Hohenfeld, während die Schatten der ehrwürdigen Bäume im warmen Licht der sinkenden Sonne zu tanzen schienen. Gerhard Lichtenfels wartete auf dem kleinen Platz vor dem alten Rathaus, seine Hände tief in den Taschen seines abgetragenen Cardigans vergraben. Das vertraute Kribbeln der Nervosität durchzog seinen Bauch, als er an Viktor Adler dachte, den charismatischen Arzt, dessen Ambitionen und Überzeugungen wie ein dunkler Schatten über seinen Entdeckungen schwebten.

Adler war nicht nur ein brillanter Wissenschaftler, sondern auch ein Mann, der bereit war, alles zu tun, um seine Ziele zu erreichen. Gerhard wusste, dass diese Begegnung entscheidend sein würde. Die Ideale, für die sie beide standen, waren nicht nur unterschiedliche Ansichten über die Wissenschaft, sondern auch über das Leben selbst. Während Gerhard in der Stille der Natur Trost fand, schien Adler in der Kälte der Macht zu gedeihen.

Als Adler schließlich auftauchte, war es, als würde ein Sturm in die ruhige Atmosphäre einbrechen. Er trug einen maßgeschneiderten Anzug, der seine athletische Figur betonte, und sein Gesicht war von einem selbstbewussten Lächeln geprägt. "Gerhard," begann er mit einer Stimme, die sowohl charmant als auch herausfordernd klang. "Ich hoffe, Sie sind bereit, über die Zukunft zu sprechen."

"Die Zukunft?" Gerhard spürte, wie sein Herz schneller schlug. "Sie meinen die Zukunft, die Sie mit Warburgs Wissen gestalten wollen?"

Adler trat näher, und die Spannung zwischen den beiden Männern war greifbar. "Genau das, mein lieber Gerhard. Denken Sie doch einmal nach. Wir stehen an der Schwelle zu etwas Großem. Warburgs Theorien könnten uns helfen, die Geheimnisse des Alterns zu entschlüsseln. Stellen Sie sich vor, was wir erreichen könnten!"

Gerhard schüttelte den Kopf. "Aber zu welchem Preis? Sie wollen das natürliche Gleichgewicht stören, nur um Ihre eigenen Ambitionen zu befriedigen. Das kann nicht der Weg sein."

"Der Weg?" Adler lachte leise, und es klang fast spöttisch. "Der Weg ist das, was wir daraus machen. Sie müssen verstehen, dass die Welt nicht auf die ethischen Bedenken eines alten Mannes warten wird. Es geht darum, die Kontrolle zu übernehmen, Gerhard. Die Menschheit hat genug gelitten. Warum sollten wir nicht die Macht haben, das zu ändern?"

Die Worte schnitten durch Gerhards Gedanken wie ein scharfer Dolch. Er hatte in den letzten Wochen viel über Warburgs Theorien nachgedacht, über die Rolle von Sauerstoff in der Zellbiologie und die ethischen Implikationen, die damit verbunden waren. Aber jetzt, angesichts von Adlers Überzeugungen, fühlte er sich wie ein Kind, das in einem Sturm gefangen war.

"Es ist nicht nur eine Frage des Wissens, Viktor. Es geht um Verantwortung. Wir können nicht einfach in das Leben der Menschen eingreifen, ohne die Konsequenzen zu bedenken." Gerhard sprach mit fester Stimme, obwohl er wusste, dass die Zweifel in ihm wucherten.

Adler trat noch näher, und Gerhard konnte die Intensität in seinen grünen Augen spüren. "Verantwortung? Oder ist es eher Angst, die Sie zurückhält? Angst vor dem Unbekannten, vor dem, was Sie nicht kontrollieren können? Ich sehe es in Ihren Augen, Gerhard. Sie sind ein Mann der Vergangenheit, während ich die Zukunft repräsentiere."

Gerhard spürte, wie sich seine Brust zusammenzog. Es war wahr, dass er oft in Erinnerungen lebte, in der Sicherheit der Dinge, die er kannte. Aber das, was Adler vorschlug, war eine gefährliche Abkehr von allem, was er für richtig hielt. "Und was ist mit den Menschen, die darunter leiden könnten? Was ist mit den ethischen Grenzen, die wir nicht überschreiten sollten?"

"Ethische Grenzen?" Adler schüttelte den Kopf, als wäre es ein lächerlicher Gedanke. "Die Welt ist voller Grenzen, Gerhard. Wir sind hier, um sie zu überwinden. Wenn wir die Möglichkeit haben, das Altern zu besiegen, sollten wir sie nutzen. Sie sind ein kluger Mann. Warum sollten Sie sich von Ihren Ängsten leiten lassen?"

Gerhard spürte, wie sich die Emotionen in ihm aufstauten. Es war nicht nur ein Kampf um Wissen, sondern auch um seine Überzeugungen, um das, was er für richtig hielt. "Weil ich nicht bereit bin, meine Seele zu verkaufen, Viktor. Ich werde nicht zulassen, dass Ihre Gier nach Macht die Menschheit in den Abgrund führt."

Die Luft zwischen ihnen war elektrisch, und Gerhard wusste, dass dieser Moment alles verändern könnte. Er musste sich seinen Ängsten stellen, den Zweifeln, die ihn plagten, und den Herausforderungen, die sich aus seinen Entdeckungen ergaben. Der Kampf um die Wahrheit hatte gerade erst begonnen, und er war entschlossen, nicht aufzugeben.

13.2 Ein Kampf um Wissen und Einfluss

In einem kleinen, schummrigen Raum, der von den Schatten vergangener Zeiten durchzogen war, trafen sich Gerhard und Viktor Adler. Alte Bücher und vergilbte Manuskripte lagen verstreut, als ob sie die Geheimnisse der Welt bewahren wollten. Die Luft war durchdrungen von einer Spannung, die zwischen den beiden Männern pulsierte. Gerhard, sich seiner Schwäche bewusst, spürte das erdrückende Gewicht der Jahre auf seinen Schultern, während Adler, in voller Blüte seiner Macht, mit einer unmissverständlichen Aura des Selbstbewusstseins auftrat. Es war ein Konflikt, der nicht nur um Wissen, sondern auch um Einfluss und Kontrolle entbrannte.

"Sie glauben, Sie können die Wahrheit für sich beanspruchen, Gerhard," begann Adler mit einem spöttischen Lächeln, das seine scharfen Züge noch betonte. "Aber Wissen ist Macht, und ich bin bereit, alles zu tun, um es zu erlangen." Seine Stimme war kalt und berechnend, wie das Klingen einer Klinge, die durch die Luft schnitt. Gerhard spürte, wie sein Herz schneller schlug; Adlers Worte waren wie ein schleichendes Gift, das in seine Gedanken eindrang und ihn an seine eigenen ethischen Prinzipien erinnerte.

"Wissen sollte nicht zur Manipulation verwendet werden, Viktor," entgegnete Gerhard, während er versuchte, seine Stimme fest zu halten. "Es ist eine Verantwortung, die wir tragen müssen. Wenn wir die Geheimnisse von Warburg entschlüsseln, müssen wir die Konsequenzen bedenken." In diesem Moment erkannte Gerhard, dass es nicht nur um die Entdeckung von Warburgs Theorien ging, sondern auch um die ethischen Fragen, die sich daraus ergaben. Er kämpfte nicht nur um sein eigenes Wissen, sondern auch um die Prinzipien, die ihm wichtig waren.

Adler trat einen Schritt näher, seine Augen funkelten vor Ehrgeiz. "Und was, wenn ich Ihnen sage, dass ich bereit bin, diese Prinzipien zu brechen? Was, wenn ich Ihnen sage, dass ich die Jugendlichkeit zurückbringen kann? Glauben Sie wirklich, dass Sie mich aufhalten können?" Diese Herausforderung ließ Gerhard innehalten. Die Vorstellung, dass Adler die Macht hatte, das Altern zu besiegen, war sowohl verlockend als auch beängstigend. Gerhard wusste, dass er sich nicht nur gegen Adler, sondern auch gegen die Versuchung wehren musste, die seine Worte mit sich brachten.

"Ich werde nicht zulassen, dass Sie Warburgs Wissen für Ihre eigenen egoistischen Ziele missbrauchen," erklärte Gerhard, seine Stimme fest und entschlossen. "Die Ethik der Wissenschaft ist nicht verhandelbar. Wir müssen die Wahrheit suchen, nicht nur für uns selbst, sondern für die gesamte Menschheit." In diesem Moment spürte er eine Welle der Entschlossenheit, die ihn durchströmte. Er war bereit, für das zu kämpfen, was richtig war, auch wenn das bedeutete, sich gegen einen Mann wie Adler zu stellen.

Die Rivalität zwischen den beiden Männern wurde greifbar, als sie sich in die Augen sahen. Gerhard fühlte, wie die Spannungen zwischen ihnen zu einem Höhepunkt führten. Er wusste, dass er nicht nur um sein Wissen kämpfte, sondern auch um die Integrität der Wissenschaft und die ethischen Prinzipien, die er über Jahrzehnte hinweg entwickelt hatte. Diese Auseinandersetzung war mehr als nur ein persönlicher Konflikt; sie war ein Symbol für den Kampf zwischen Macht und Verantwortung.

"Was werden Sie tun, wenn ich Ihnen die Möglichkeit nehme, Warburgs Theorien zu veröffentlichen?" fragte Adler provokant, während er die Worte genüsslich aussprach. "Ich kann Ihre Entdeckungen für immer im Schatten halten." Gerhard spürte, wie sich ein kalter Schauer über seinen Rücken zog. Die Drohung war klar, und er wusste, dass Adler nicht zögern würde, seine Macht zu nutzen, um seine Ziele zu erreichen.

"Ich werde nicht aufgeben, Viktor," antwortete Gerhard, seine Stimme fest und voller Überzeugung. "Die Wahrheit wird ans Licht kommen, egal wie sehr Sie versuchen, sie zu verbergen." In diesem Moment wurde ihm klar, dass er nicht allein war. Clara und David standen hinter ihm, bereit, ihn in seinem Kampf zu unterstützen. Diese Erkenntnis gab ihm Kraft und Zuversicht, dass er die Herausforderungen, die vor ihm lagen, meistern konnte.

Die Auseinandersetzung zwischen Gerhard und Adler war ein Kampf um mehr als nur Wissen; es war ein Kampf um die Seele der Wissenschaft selbst. Während sie sich gegenüberstanden, wurde Gerhard bewusst, dass er nicht nur um seine eigenen Überzeugungen kämpfte, sondern auch um die Zukunft der Medizin und die ethischen Grenzen, die sie definieren sollten. Die Rivalität zwischen den beiden Männern würde nicht nur ihre Schicksale bestimmen, sondern auch die Richtung, in die die Welt der Wissenschaft gehen würde.

Mit einem letzten Blick auf Adler, der sich bereits abwandte, um seine nächsten Schritte zu planen, fühlte Gerhard, wie sich in ihm eine neue Entschlossenheit formte. Der Kampf hatte gerade erst begonnen, und er war bereit, alles zu geben, um die Wahrheit zu verteidigen. In diesem Moment wusste er, dass er nicht nur für sich selbst, sondern für alle Menschen kämpfte, die auf die Antworten warteten, die Warburgs Wissen bieten könnte.

13.3 Die Enthüllung von Adlers wahren Absichten

In der gedämpften Beleuchtung des kleinen Raumes, der oft als Rückzugsort für Gerhards Gedanken diente, lastete heute eine unheimliche Schwere in der Luft. Der vertraute Duft von altem Papier und Tinte, der ihn normalerweise beruhigte, war nun von einer drückenden Anspannung durchzogen. Viktor Adler, der charismatische Widersacher, hatte ihm soeben seine wahren Absichten offenbart, und die Worte hallten in Gerhards Kopf wider wie ein unheilvolles Echo.

"Die Jugend ist das höchste Gut, Gerhard", hatte Adler gesagt, seine Stimme sanft, aber durchdringend. "Ich werde die Geheimnisse von Warburg nutzen, um die Zeit zu besiegen. Und ich bin bereit, alles dafür zu tun." Ein Kloß bildete sich in Gerhards Hals, als er die Leidenschaft in Adlers Augen sah – eine Leidenschaft, die leicht in Besessenheit umschlagen konnte. In diesem Moment wurde ihm klar, dass Adler nicht nur ein Rivale war; er war ein Mann, der bereit war, über Leichen zu gehen, um seine Ziele zu erreichen.

Die Erkenntnis, dass Adler die Wissenschaft nicht zum Wohle der Menschheit, sondern aus einem egoistischen Verlangen nach Macht und Kontrolle nutzen wollte, ließ Gerhard frösteln. Respekt und Furcht vermischten sich in seinem Inneren. Er wusste, dass er sich auf eine gefährliche Reise begeben hatte, und die Auseinandersetzung mit Adler war unvermeidlich. Der Gedanke daran, was Adler möglicherweise anrichten könnte, wenn er die Kontrolle über Warburgs Wissen erlangte, ließ ihn nicht los.

"Vertrauen ist ein zerbrechliches Gut", murmelte Gerhard leise, während er durch die Seiten des Tagebuchs blätterte. Die Worte von Warburg schienen ihm jetzt wie Warnungen zu erscheinen. Erinnerungen an die Gespräche mit Clara über die Verantwortung, die mit der Suche nach Wahrheit einherging, kamen ihm in den Sinn. Doch was, wenn diese Wahrheit in den falschen Händen lag? Was, wenn die Grenzen zwischen Wissenschaft und Ethik verwischt wurden?

Adler hatte die Schwächen der Menschen erkannt und wusste, wie man sie ausnutzen konnte. Gerhard fühlte sich wie ein Schachspieler, der gegen einen Meister antreten musste, dessen Züge er nicht vorhersehen konnte. Die Vorstellung, dass er selbst in dieser gefährlichen Partie eine Rolle spielte, machte ihn nervös. Er musste einen Plan entwickeln, um Adler zu stoppen, bevor es zu spät war. Aber wie konnte er gegen einen Mann antreten, der so entschlossen war, seine Vision von ewiger Jugend zu verwirklichen?

In diesem Moment der inneren Zerrissenheit spürte Gerhard, wie die Fragen des Lebens und des Alterns ihn mehr denn je beschäftigten. Was bedeutete es wirklich, jung zu sein? War es nur die physische Erscheinung, oder war es etwas Tieferes, das die Seele berührte? Diese Überlegungen führten ihn zu der Erkenntnis, dass die Suche nach Unsterblichkeit nicht nur eine wissenschaftliche Herausforderung war, sondern auch eine philosophische. Die Antworten, die er suchte, waren nicht nur in den Theorien von Warburg zu finden, sondern auch in den Beziehungen, die er zu den Menschen um sich herum pflegte.

Die Dunkelheit des Raumes schien sich um ihn zu verdichten, während er an Clara und David dachte. Ihre Unterstützung war für ihn von unschätzbarem Wert, doch er wusste, dass er sie nicht in diese gefährliche Auseinandersetzung hineinziehen konnte. Sie hatten das Recht, in Sicherheit zu leben, ohne die Schatten von Adlers Ambitionen über ihnen schweben zu lassen. Gerhard musste eine Entscheidung treffen, und zwar schnell.

Als er den Raum verließ, war er sich der Ungewissheit bewusst, die vor ihm lag. Die Auseinandersetzung mit Adler war unvermeidlich, und er musste sich seinen Ängsten stellen. Doch gleichzeitig spürte er eine neue Entschlossenheit in sich aufkeimen. Er würde nicht zulassen, dass Adlers dunkle Pläne die Welt der Wissenschaft und der Menschlichkeit verderben. Die Zeit drängte, und er war bereit, alles zu riskieren, um die Wahrheit ans Licht zu bringen.

Gerhard atmete tief ein, als er die Tür hinter sich schloss. Draußen in der kühlen Abendluft fühlte er sich lebendig und entschlossen. Der Weg vor ihm war ungewiss, aber er wusste, dass er nicht allein war. Mit jedem Schritt, den er tat, näherte er sich der Konfrontation, die alles verändern könnte. Und in diesem Moment, zwischen Angst und Hoffnung, begann er zu verstehen, dass das Streben nach Wahrheit und Gerechtigkeit die größte Herausforderung seines Lebens sein würde.

14
Rückkehr zur Natur und Heilung

14.1 Clara zeigt Gerhard alternative Heilmethoden

Hohenfeld, ein malerisches Städtchen, war in ein warmes, goldenes Licht getaucht, während die Sonne hoch am Himmel stand. Auf einer alten Parkbank saß Gerhard Lichtenfels, umgeben von blühenden Blumen und dem sanften Rascheln der Blätter, die im Wind tanzten. Dieser Ort war für ihn ein Rückzugsort, an dem er oft über sein Leben nachdachte. Doch heute verspürte er eine andere Atmosphäre. Clara Weiss, die junge Biologin mit einer tiefen Leidenschaft für alternative Heilmethoden, hatte ihn eingeladen, einen neuen Pfad zu erkunden – einen, der ihm helfen könnte, die Herausforderungen des Alterns zu meistern.

"Gerhard," begann Clara mit einem strahlenden Lächeln, als sie sich neben ihn setzte, "ich möchte dir etwas zeigen, das dein Verständnis von Gesundheit und Heilung revolutionieren könnte." Ihre Augen funkelten vor Begeisterung, und Gerhard spürte, wie seine Neugier erwachte. Traditionelle medizinische Ansätze waren stets sein Halt gewesen, doch in letzter Zeit hatte er an deren Wirksamkeit gezweifelt. Die Fragen des Alterns nagten an ihm, und die Aussicht auf alternative Wege schien ihm verlockend.

"Was hast du im Sinn?" fragte er vorsichtig, während er seine Hände in den Schoß legte. Clara zog ein kleines, handgeschriebenes Notizbuch aus ihrer Tasche und blätterte durch die Seiten, bis sie eine bestimmte Stelle fand. "Hier," sagte sie und zeigte ihm eine Zeichnung von verschiedenen Heilpflanzen. "Diese Pflanzen haben in der Naturheilkunde eine lange Tradition. Sie können nicht nur körperliche Beschwerden lindern, sondern auch das allgemeine Wohlbefinden fördern."

Gerhard betrachtete die Zeichnungen und fühlte sich von der Farbenpracht und den detaillierten Beschreibungen angezogen. "Aber Clara, sind diese Methoden wirklich wirksam? Ich habe immer gedacht, dass nur die moderne Medizin die Antworten auf unsere Gesundheitsprobleme hat."

Clara nickte verständnisvoll. "Das ist ein weit verbreiteter Glaube, aber die moderne Wissenschaft beginnt, die Weisheit der Natur zu erkennen. Viele Medikamente basieren auf pflanzlichen Inhaltsstoffen. Die Natur hat ihre eigenen Heilmittel, die oft weniger Nebenwirkungen haben und den Körper auf eine ganzheitliche Weise unterstützen."

Gerhard spürte, wie sich ein innerer Konflikt in ihm regte. Sein ganzes Leben lang hatte er den konventionellen Ansätzen vertraut, doch die ständigen Rückschläge seiner Gesundheit hatten ihn dazu gebracht, nach neuen Lösungen zu suchen. "Ich bin mir nicht sicher, ob ich bereit bin, meine Überzeugungen so grundlegend zu hinterfragen", gestand er.

"Das ist völlig verständlich," erwiderte Clara sanft. "Aber denk daran, dass es nicht darum geht, alles abzulehnen, was du bisher gelernt hast. Es geht darum, dein Wissen zu erweitern und neue Perspektiven zuzulassen. Lass uns gemeinsam diese Methoden ausprobieren. Du könntest überrascht sein, wie viel sie dir bieten können."

Gerhard sah in Claras Gesicht, dass sie es ernst meinte. Ihre Überzeugung war ansteckend, und er konnte nicht leugnen, dass er sich nach Veränderung sehnte. "Was müssen wir tun?" fragte er schließlich, bereit, sich auf dieses neue Abenteuer einzulassen.

"Wir beginnen mit einer einfachen Teemischung aus Kamille und Ingwer," erklärte Clara. "Beide haben entzündungshemmende Eigenschaften und können helfen, deine Energie zu steigern. Außerdem werden wir einige Atemübungen machen, die dir helfen, dich zu entspannen und deine innere Balance zu finden."

Gerhard nickte, während er sich vorstellte, wie er die warmen, aromatischen Kräuter in einer Tasse dampfend vor sich hatte. "Das klingt interessant. Ich bin bereit, es auszuprobieren." Ein Gefühl der Vorfreude durchströmte ihn, als er sich vorstellte, wie diese neuen Ansätze seine Sicht auf das Altern verändern könnten.

"Es wird nicht einfach sein," warnte Clara, "aber ich glaube, dass du es schaffen kannst. Es wird Momente geben, in denen du an dir selbst zweifelst und die alten Gewohnheiten zurückkehren wollen. Aber denke daran, dass jede Entdeckung, die du machst, dich näher zu einem besseren Verständnis deiner selbst führt."

Gerhard atmete tief ein und ließ die Worte auf sich wirken. Die Vorstellung, dass er durch diese alternativen Heilmethoden nicht nur seine Gesundheit verbessern, sondern auch seine Überzeugungen hinterfragen könnte, war sowohl aufregend als auch beängstigend. Doch in diesem Moment, unter dem warmen Licht der Nachmittagssonne, fühlte er sich bereit, diesen neuen Weg zu beschreiten.

"Lass uns anfangen," sagte er mit einem entschlossenen Lächeln. "Ich bin bereit, die Geheimnisse der Natur zu entdecken." Clara lächelte zurück, und in diesem Augenblick spürte Gerhard, dass er nicht allein war. Gemeinsam würden sie die Herausforderungen des Lebens angehen und neue Wege finden, um die Herausforderungen des Alterns zu bewältigen.

14.2 Ein neuer Blick auf Gesundheit und Altern

In seinem kleinen, behaglichen Arbeitszimmer, umgeben von den vertrauten Düften vergilbter Bücher und frischer Blumen, die Clara ihm gebracht hatte, saß Gerhard. Der süße Hauch der Natur vermischte sich mit dem sanften Aroma des Tees, während seine Gedanken zu den letzten Gesprächen mit Clara wanderten. Ihre Überlegungen zu alternativen Heilmethoden hatten in ihm eine Flut von Überlegungen entfacht, die ihn nicht losließen. Bisher hatte er kaum die Möglichkeiten jenseits der konventionellen Medizin in Betracht gezogen, doch jetzt schien ein neuer Horizont vor ihm aufzugehen.

"Es gibt so viele Wege, die Gesundheit zu fördern, Gerhard", hatte Clara gesagt, als sie ihm eine Tasse Tee reichte. "Die Natur hat ihre eigenen Heilmittel, und manchmal sind es die einfachsten Dinge, die die tiefsten Wirkungen haben." Diese Überzeugung war für Gerhard neu und gleichzeitig beunruhigend. Er hatte stets geglaubt, dass die Wissenschaft die Antwort auf alle Fragen des Lebens sei, besonders wenn es um das Altern ging. Doch während er über die verschiedenen Methoden nachdachte, die Clara ihm vorgestellt hatte – von Kräutern bis hin zu Meditationstechniken – begann er, seine eigenen Werte und Überzeugungen zu hinterfragen.

In der Stille seines Zimmers überkam ihn ein Gefühl der Zerrissenheit. Einerseits fühlte er sich von Claras Ideen angezogen, als ob sie ihm eine Tür zu einer neuen Welt öffnete. Andererseits nagte die Angst an ihm, dass er sich von dem, was er sein ganzes Leben lang geglaubt hatte, entfernen könnte. War es wirklich möglich, dass die Antworten auf seine Fragen über Gesundheit und Altern nicht in den Lehrbüchern der Medizin zu finden waren, sondern in der einfachen, unberührten Natur? Gerhard konnte nicht anders, als an all die Jahre zurückzudenken, in denen er sich blind auf die medizinischen Ratschläge verlassen hatte, ohne jemals die Möglichkeit in Betracht zu ziehen, dass es andere Wege geben könnte.

"Was ist, wenn ich die falschen Entscheidungen treffe?", murmelte er leise zu sich selbst. "Was, wenn ich die Kraft der Natur unterschätze?" Diese Fragen kreisten in seinem Kopf wie Schatten, die ihn verfolgten. Er erinnerte sich an seine eigenen gesundheitlichen Herausforderungen im Laufe der Jahre und an die ständigen Besuche bei Ärzten, die ihm oft nur Medikamente verschrieben hatten, ohne die zugrunde liegenden Ursachen seiner Beschwerden zu betrachten. Die Vorstellung, dass es vielleicht einen sanfteren, natürlicheren Weg gab, war sowohl aufregend als auch beängstigend.

Gerhard schloss die Augen und ließ sich von den Erinnerungen übermannen. Er dachte an seine verstorbene Frau, die oft von ihren eigenen gesundheitlichen Kämpfen sprach. Sie hatte an alternativen Heilmethoden interessiert, doch Gerhard hatte nie richtig zugehört. Hätte er damals offener für ihre Ideen sein können, hätte er vielleicht einen anderen Weg einschlagen können? Die Schuld überkam ihn, und er spürte, wie die Tränen in seinen Augen brannten. "Hätte ich mehr für sie tun können?", fragte er sich. "Hätte ich ihre Überzeugungen ernst nehmen sollen?"

Die Reflexion über seine Vergangenheit brachte ihn zu der Erkenntnis, dass er nicht nur für sich selbst, sondern auch für die Menschen, die er geliebt hatte, Verantwortung trug. Er wollte nicht noch einmal in der Position sein, in der er das Gefühl hatte, etwas versäumt zu haben. Diese Einsicht gab ihm den Mut, sich auf das Unbekannte einzulassen und die Möglichkeiten zu erkunden, die Clara ihm präsentierte. Vielleicht war es an der Zeit, seine Sichtweise zu ändern und die Natur als Verbündeten in seinem Alterungsprozess zu akzeptieren.

"Ich werde es versuchen", flüsterte er entschlossen. "Ich werde offen sein für das, was Clara mir zeigt." In diesem Moment verspürte Gerhard eine Welle der Erleichterung. Es war, als würde eine Last von seinen Schultern genommen. Er musste nicht alle Antworten sofort haben; er konnte lernen und wachsen, während er diesen neuen Weg beschritt. Die Vorstellung, dass Gesundheit nicht nur die Abwesenheit von Krankheit war, sondern auch ein aktives Engagement mit dem Leben und der Natur, wurde ihm klarer denn je.

Gerhard öffnete die Augen und blickte aus dem Fenster. Die Bäume im Garten rauschten sanft im Wind, und die Sonne schien warm auf die bunten Blumen. Er fühlte sich verbunden mit der Welt um ihn herum, als ob die Natur ihm zuzwinkerte und ihm versicherte, dass er nicht allein war. Es war der Beginn eines neuen Kapitels in seinem Leben, und er war bereit, die Herausforderungen anzunehmen, die damit einhergingen. Die Reise zur Entdeckung alternativer Heilmethoden hatte begonnen, und mit jedem Schritt würde er mehr über sich selbst und die Bedeutung von Gesundheit und Altern lernen.

14.3 Gerhard findet Frieden in der Natur

Langsam versank die Sonne hinter den sanften Hügeln von Hohenfeld, während Gerhard auf einer Parkbank saß und die letzten goldenen Strahlen des Tages in sich aufnahm. Die kühle Brise brachte den betörenden Duft frisch blühender Blumen mit sich, und das sanfte Rascheln der Blätter schien ihm zuzuhören, als ob die Natur selbst seine innersten Gedanken ergründen könnte. In diesem Moment der Stille fand Gerhard einen Frieden, den er lange ersehnt hatte.

Mit geschlossenen Augen ließ er die Geräusche der Natur auf sich wirken. Das Zwitschern der Vögel, das Plätschern eines nahen Baches und das leise Flüstern des Windes vereinten sich zu einer harmonischen Melodie, die ihn sanft umhüllte. Hier, umgeben von der Pracht der Natur, fühlte er sich lebendig. Die Sorgen und Ängste, die ihn in den letzten Wochen gequält hatten, traten in den Hintergrund, während er sich auf das Wesentliche konzentrierte: das Leben selbst.

Gerhard dachte an die Herausforderungen, die vor ihm lagen. Die Entdeckungen aus Warburgs Tagebuch hatten ihn in eine Welt voller Fragen und moralischer Dilemmata geführt. Doch jetzt, inmitten der Natur, wurde ihm klar, dass die Antworten nicht immer zwischen den Seiten eines Buches verborgen waren. Manchmal lag die Weisheit in den einfachen Dingen, in der Verbindung zur Erde und zu den Lebewesen, die sie bewohnen.

"Was bedeutet es wirklich, jung zu sein?" fragte er sich, während sein Blick auf die spielenden Kinder im Park fiel. Ihre Unbeschwertheit und Freude erinnerten ihn daran, dass das Leben nicht nur aus Wissenschaft und Theorien bestand, sondern auch aus Erfahrungen, die das Herz erfüllten. Gerhard erkannte, dass die Suche nach ewiger Jugend nicht nur eine Frage der Biologie war, sondern auch eine Frage des Geistes und der Seele.

In der Natur fand er nicht nur Frieden, sondern auch eine Quelle der Inspiration. Die Pflanzen, die sich dem Licht entgegenstreckten, die Tiere, die in ihrem natürlichen Lebensraum lebten, und die Jahreszeiten, die unaufhörlich wechselten, zeigten ihm, dass Veränderung ein Teil des Lebens war. Gerhard begann, die Schönheit und den Wert der Natur in einem neuen Licht zu sehen. Sie war nicht nur der Hintergrund seines Lebens, sondern ein aktiver Teil seiner Reise.

Als er die Augen öffnete und die Farben des Sonnenuntergangs betrachtete, durchströmte ihn eine Welle der Erneuerung. Es war, als ob die Natur ihm versicherte, dass er nicht allein war. In diesem Moment wurde ihm bewusst, dass die Herausforderungen, die er zu bewältigen hatte, nicht nur seine eigenen waren. Sie waren Teil eines größeren Ganzen, einer gemeinsamen menschlichen Erfahrung, die alle Generationen verband.

Gerhard dachte an Clara und David, die ihn auf seiner Reise begleiteten. Ihre unterschiedlichen Perspektiven und Ansichten hatten ihm geholfen, seine eigenen Überzeugungen zu hinterfragen und neue Einsichten zu gewinnen. Dankbar für ihre Unterstützung wusste er, dass er nicht allein war in seinem Streben nach Wahrheit. Die Verbindung zu ihnen war wie die Wurzeln eines Baumes, die tief in die Erde reichten und ihm Halt gaben.

Mit einem Lächeln auf den Lippen erhob sich Gerhard und atmete tief ein. Die frische Luft füllte seine Lungen, und er fühlte sich lebendiger als je zuvor. Er war bereit, sich den Herausforderungen zu stellen, die vor ihm lagen, und die Geheimnisse zu entschlüsseln, die Warburgs Tagebuch barg. Die Erkenntnis, dass er Frieden in der Natur gefunden hatte, gab ihm die Kraft, weiterzumachen.

"Ich bin nicht allein", flüsterte er, während er den Weg zurück nach Hause einschlug. "Die Natur ist bei mir, und ich werde die Schönheit des Lebens weiterhin schätzen." Mit jedem Schritt fühlte er sich leichter, als ob die Last der Welt von seinen Schultern genommen wurde. Hoffnung blühte in seinem Herzen, und er wusste, dass er bereit war, die nächsten Schritte auf seiner Reise zu gehen.

15
Schatten der Vergangenheit konfrontieren

15.1 Gerhard stellt sich seinen Erinnerungen

Die Dämmerung legte sich sanft über Hohenfeld, während die Schatten der ehrwürdigen Bäume im Einklang mit Gerhards Erinnerungen zu tanzen schienen. In seinem kleinen, bescheidenen Heim, umgeben von den vertrauten Klängen des Lebens, saß er in seinem Sessel und ließ seine Gedanken frei umherstreifen. Der aromatische Duft von frisch gebrühtem Tee durchzog den Raum, doch sein Geist war weit entfernt. Er schwebte in der Vergangenheit, wo ihn die Geister seiner Entscheidungen erwarteten.

Gerhard war sich bewusst, dass die Zeit unaufhörlich voranschritt, auch wenn es in Hohenfeld oft den Anschein hatte, als bliebe sie stehen. Mit jedem verstrichenen Jahr schien die Last seiner Erinnerungen schwerer zu werden. Er hatte ein langes Leben gelebt, gefüllt mit Momenten der Freude und des Schmerzes, und nun, im Alter von 109 Jahren, erkannte er, dass die Auseinandersetzung mit seiner Vergangenheit nicht nur eine Übung in Nostalgie war, sondern auch eine Herausforderung. Die Entdeckung des Tagebuchs von Dr. Otto Warburg hatte einen Riss in der Fassade seiner ruhigen Existenz hinterlassen, und die Fragen, die es aufwarf, nagten an ihm wie hungrige Mäuse.

"Was habe ich wirklich erreicht? Was bleibt von mir, wenn ich nicht mehr bin?" Diese Fragen drängten sich in sein Bewusstsein, während er die vergilbten Seiten des Tagebuchs vor sich sah. Warburgs Worte waren nicht nur wissenschaftliche Theorien; sie waren ein Spiegel, der ihm seine eigenen Unsicherheiten vor Augen führte. Gerhard fühlte sich, als würde er in einen Abgrund blicken, der tief und unergründlich war. Der Gedanke, dass er vielleicht nicht alle Möglichkeiten genutzt hatte, die ihm das Leben geboten hatte, schnürte ihm die Kehle zu.

Die Erinnerungen kamen in Wellen, überfluteten ihn mit Bildern aus seiner Jugend. Er dachte an die Liebe, die er verloren hatte, an die Chancen, die er nicht ergriffen hatte, und an die Träume, die er aufgegeben hatte. "Ich hätte mehr riskieren sollen", murmelte er leise, als ob die Worte die Schatten vertreiben könnten, die ihn umgaben. Doch die Schatten blieben, schienen sich um ihn zu wickeln wie ein alter, vertrauter Mantel. Sie waren ein Teil von ihm, und gleichzeitig waren sie eine ständige Erinnerung an die Vergänglichkeit des Lebens.

In diesen Momenten der Einsamkeit wurde ihm klar, dass er sich seinen Ängsten stellen musste. Die Erkenntnis, dass die Zeit unaufhaltsam voranschritt, brachte eine drängende Dringlichkeit mit sich. Gerhard fühlte, wie sich der Druck in seiner Brust verstärkte. Was, wenn die Antworten, die er suchte, nicht die waren, die er sich erhofft hatte? Was, wenn die Wahrheit über das Altern und die Gesundheit, die Warburgs Theorien versprachen, ihn nur weiter in die Isolation trieben?

Er erinnerte sich an die Worte seiner verstorbenen Frau, die oft gesagt hatte: "Gerhard, das Leben ist kein Wettlauf. Es geht darum, die kleinen Dinge zu schätzen." Diese Weisheit schien jetzt wie ein ferner Stern, den er nur noch vage erahnen konnte. Gerhard hatte immer versucht, die kleinen Dinge zu schätzen, doch die großen Fragen des Lebens hatten ihn nie losgelassen. Der Wunsch nach Wissen, nach Verständnis, war ein unstillbarer Durst, der ihn antrieb, aber auch quälte.

Die Stille des Raumes wurde durch das leise Ticken der Wanduhr unterbrochen, und mit jedem Schlag fühlte Gerhard, wie die Zeit ihm entwischte. Er schloss die Augen und versuchte, sich auf das Hier und Jetzt zu konzentrieren, doch die Erinnerungen überfluteten ihn weiterhin. Er sah sich selbst als junger Mann, voller Hoffnung und Träume, und fragte sich, wo all diese Energie geblieben war. Hatte er sie in den Strudel des Alltags verloren? Hatte er sich selbst aufgegeben, um den Erwartungen anderer gerecht zu werden?

Ein innerer Konflikt braute sich in ihm zusammen. Auf der einen Seite stand der Wunsch, die Geheimnisse von Warburg zu entschlüsseln, die Möglichkeit, etwas Bedeutendes zu entdecken, das die Welt verändern könnte. Auf der anderen Seite war da die Angst vor dem Unbekannten, die Furcht, dass die Antworten, die er fand, ihn nicht nur von seiner Vergangenheit, sondern auch von seiner Zukunft entfremden könnten. "Was, wenn ich nicht bereit bin, die Wahrheit zu akzeptieren?" fragte er sich, während die Dunkelheit der Nacht über Hohenfeld hereinbrach.

Gerhard wusste, dass er sich entscheiden musste. Es war an der Zeit, die Schatten seiner Vergangenheit zu konfrontieren und sich den Herausforderungen zu stellen, die vor ihm lagen. Er atmete tief ein, spürte die frische Luft in seinen Lungen und öffnete die Augen. Die Zeit mochte unaufhaltsam sein, aber in diesem Moment war er bereit, sich seinen Ängsten zu stellen und die Geheimnisse zu erforschen, die in den Seiten von Warburgs Tagebuch verborgen waren. Der Weg würde nicht einfach sein, aber er war entschlossen, ihn zu gehen.

15.2 Ein Rückblick auf verlorene Chancen

In seinem kleinen, behaglichen Sessel sitzend, umhüllte Gerhard die sanfte Umarmung des Lichtes, das von der untergehenden Sonne durch das Fenster strömte und goldene Streifen auf den Holzboden malte. In dieser stillen Stunde überkam ihn eine tiefe Melancholie. Die Schatten seiner Vergangenheit schienen sich um ihn zu versammeln, flüsterten Geschichten von verpassten Gelegenheiten und Entscheidungen, die er getroffen hatte. Erinnerungen, die ihm wie alte Freunde erschienen, aber auch wie unerbittliche Richter, die ihn an die Möglichkeiten erinnerten, die er nicht ergriffen hatte.

"Hätte ich doch nur..." murmelte er leise, während sein Blick auf dem Tagebuch von Dr. Otto Warburg ruhte, das auf dem Tisch vor ihm lag. Die Worte des Wissenschaftlers schienen ihm nun bedeutungsvoller denn je, während er über sein eigenes Leben nachdachte. Warburg hatte mit seinen Theorien über Zellbiologie und Gesundheit einen Weg eröffnet, der die Welt verändern könnte. Doch während Gerhard darüber nachdachte, wurde ihm klar, dass er selbst nie den Mut aufgebracht hatte, die großen Fragen des Lebens zu stellen. Oft hatte er sich mit dem zufrieden gegeben, was ihm angeboten wurde, anstatt nach mehr zu streben.

In seinen Gedanken tauchten Bilder aus seiner Jugend auf. Der junge Gerhard, voller Träume und Ambitionen, hatte viele Wege vor sich. Er erinnerte sich an die Entscheidung, die er getroffen hatte, als ihm das Angebot gemacht wurde, in einer renommierten Forschungsgruppe zu arbeiten. Damals hatte er sich für die Sicherheit eines bescheidenen Lebens entschieden, anstatt das Risiko einzugehen, seine Komfortzone zu verlassen. "Was wäre gewesen, wenn ich es gewagt hätte?", fragte er sich. "Hätte ich die Welt verändert oder wäre ich einfach gescheitert?"

Die quälenden Fragen umhüllten ihn, während er sich in den Erinnerungen verlor. Es war nicht nur die Forschung, die er verpasst hatte; es waren auch die Beziehungen, die er nicht gepflegt hatte. Seine erste Liebe, die er wegen seiner Unsicherheiten aufgegeben hatte, schwebte wie ein Geist in seinem Gedächtnis. Hätte er nur den Mut gehabt, ihr seine Gefühle zu gestehen, hätte sich sein Leben vielleicht ganz anders entwickelt. Die Gedanken an diese verlorenen Chancen schmerzten ihn, wie eine alte, nicht verheilte Wunde.

"Erinnerungen sind wie Schatten", dachte er, "sie folgen uns, egal wohin wir gehen." Gerhard spürte, wie die Traurigkeit in ihm wuchs, während er an all die Momente dachte, in denen er gezögert hatte. Oft hatte er die Stimme des Zweifels gehört, die ihm ins Ohr flüsterte, dass er nicht gut genug sei, dass er nicht die Fähigkeiten oder das Wissen hatte, um erfolgreich zu sein. Diese innere Stimme hatte ihn zurückgehalten, ihn daran gehindert, das volle Potenzial seines Lebens auszuschöpfen.

Doch während er in diesen Gedanken versank, kam ihm auch eine andere Erkenntnis. "Es ist nie zu spät", murmelte er. "Vielleicht kann ich die verlorenen Chancen nicht zurückholen, aber ich kann die Zukunft gestalten." Diese Einsicht brachte einen Funken Hoffnung in sein Herz. Er dachte an Clara, die junge Biologin, die ihn ermutigte, neue Wege zu gehen und die Geheimnisse von Warburg zu entschlüsseln. Ihre Begeisterung für die Wissenschaft und ihre Überzeugung, dass es immer einen Weg gibt, inspirierten ihn, seine eigenen Ängste zu überwinden.

"Ich muss mich meinen Ängsten stellen", dachte Gerhard entschlossen. "Ich kann nicht zulassen, dass die Schatten meiner Vergangenheit mich weiterhin gefangen halten." Er wusste, dass er die Verantwortung für sein Leben übernehmen musste, um die Geheimnisse zu entdecken, die Warburg hinterlassen hatte. Diese Entdeckungen könnten nicht nur sein eigenes Leben verändern, sondern auch das Leben vieler anderer Menschen.

Gerhard fühlte, wie sich in ihm eine neue Entschlossenheit regte. Er wollte nicht nur über verlorene Chancen nachdenken, sondern auch aktiv werden. Die Zeit, in der er passiv blieb, war vorbei. Er würde sich den Herausforderungen stellen, die vor ihm lagen, und die Antworten suchen, die er so lange vermieden hatte. "Ich werde die Schatten meiner Vergangenheit nicht länger fürchten", sagte er sich. "Ich werde sie als Lehrmeister akzeptieren und die Lektionen nutzen, um voranzukommen."

Mit einem tiefen Atemzug und einem neuen Gefühl der Klarheit erhob sich Gerhard aus seinem Sessel. Er wusste, dass die Reise, die vor ihm lag, voller Unsicherheiten und Herausforderungen sein würde, aber er war bereit, sich ihnen zu stellen. Die verlorenen Chancen würden ihn nicht mehr zurückhalten; stattdessen würden sie ihn antreiben, das Leben zu leben, das er sich immer gewünscht hatte.

15.3 Erkenntnisse, die ihn stärken

In seinem kleinen, behaglichen Sessel versank Gerhard, das Tagebuch von Dr. Otto Warburg auf seinem Schoß, in Gedanken. Die Dämmerung hatte Hohenfeld in sanfte Farben gehüllt, während die letzten Strahlen der Sonne durch das Fenster fluteten und die Erinnerungen in ihm erweckten, als wollten sie sie mit Licht durchdringen. Umgeben von der Stille des kleinen Städtchens spürte er, wie die Schatten seiner Vergangenheit sich um ihn schlossen und gleichzeitig ein Gefühl der Erneuerung in ihm entfachten.

Die Worte aus Warburgs Tagebuch hallten in seinem Geist wider, während er über die Herausforderungen nachdachte, die er im Laufe seines langen Lebens gemeistert hatte. Jede Entscheidung, jeder Verlust und jede Freude hatten ihn geprägt, und nun, in diesem Alter, begann er zu begreifen, dass diese Erfahrungen nicht nur Schatten waren, die ihn verfolgten, sondern auch Lichtstrahlen, die ihm den Weg wiesen. Er erinnerte sich an die Momente der Liebe, an die Freundschaften, die ihn gestärkt hatten, und an die Lektionen, die er aus seinen Fehlern gelernt hatte. Diese Erkenntnisse waren wie kostbare Juwelen, verborgen in den Tiefen seiner Seele, bereit, entdeckt zu werden.

Gerhard dachte an Clara, die junge Biologin, die ihm neue Perspektiven eröffnet hatte. Ihre unerschütterliche Überzeugung, dass die Natur Heilung bringen kann, inspirierte ihn, seine eigenen Ansichten über Gesundheit und Altern zu hinterfragen. Er erinnerte sich an ihre leidenschaftlichen Diskussionen über die Ethik der Wissenschaft und die Verantwortung, die mit Wissen einhergeht. In diesen Gesprächen hatte er nicht nur einen Freund gefunden, sondern auch eine Verbündete in seinem Streben nach Wahrheit. Clara hatte ihm gezeigt, dass es nicht nur darum ging, die Geheimnisse des Lebens zu entschlüsseln, sondern auch darum, die Schönheit und den Wert des Lebens selbst zu schätzen.

Während er weiter in seinen Erinnerungen schwelgte, breitete sich ein Gefühl der Hoffnung in ihm aus. So viele Kämpfe hatte er ausgefochten, so viele Ängste überwunden, und doch war er immer wieder aufgestanden. Diese Stärke, die in ihm wohnte, war nicht nur das Ergebnis seiner Lebensjahre, sondern auch das Produkt der Liebe und Unterstützung, die er von den Menschen um ihn herum erhalten hatte. Er dachte an David, seinen Enkel, dessen pragmatische Sichtweise ihn oft herausgefordert hatte. David hatte ihn dazu gebracht, über die Bedeutung des Alterns nachzudenken und die Notwendigkeit, offen für neue Ideen zu sein. In diesen Dialogen hatte Gerhard nicht nur einen Mentor gefunden, sondern auch einen Lehrer, der ihm half, die Herausforderungen des Lebens aus einer anderen Perspektive zu betrachten.

Gerhard lächelte bei dem Gedanken an die vielen kleinen Momente, die sein Leben bereichert hatten. Die Spaziergänge durch die Straßen von Hohenfeld, die Gespräche mit Freunden, die stillen Augenblicke der Reflexion – all diese Erfahrungen hatten ihn gelehrt, die Vergänglichkeit des Lebens zu akzeptieren und die Schönheit in jedem Augenblick zu finden. Es war diese Erkenntnis, die ihn stärkte und ihm half, die Herausforderungen des Lebens zu bewältigen. Er wusste, dass er nicht allein war in seinem Streben nach Wahrheit. Die Menschen, die ihn umgaben, waren Teil seiner Reise, und gemeinsam würden sie die Geheimnisse des Lebens weiter erkunden.

Als die Nacht hereinbrach und die Sterne am Himmel zu funkeln begannen, fühlte Gerhard eine tiefe Verbundenheit mit der Welt um ihn herum. Die Dunkelheit war nicht beängstigend; sie war vielmehr ein Teil des Zyklus des Lebens, der Raum für Neues und Unbekanntes schuf. Er schloss die Augen und atmete tief ein, während die frische, kühle Luft durch das offene Fenster strömte. In diesem Moment erkannte er, dass er bereit war, sich den Herausforderungen zu stellen, die vor ihm lagen. Die Erkenntnisse, die er in seinen Erinnerungen gefunden hatte, waren nicht nur eine Quelle der Stärke, sondern auch ein Antrieb, um weiterzumachen und die Schönheit des Lebens zu feiern.

Mit einem Gefühl der Entschlossenheit öffnete Gerhard das Tagebuch erneut und ließ sich von den Worten inspirieren, die vor ihm lagen. Er wusste, dass die Reise noch lange nicht zu Ende war, und dass er, egal was kommen mochte, nicht allein sein würde. Die Wahrheit, die er suchte, lag nicht nur in den Seiten von Warburgs Aufzeichnungen, sondern auch in den Herzen der Menschen, die ihn begleiteten. Und so begann er, die nächste Seite aufzuschlagen, bereit für das, was die Zukunft bringen würde.

16
Der letzte Versuch der Hoffnung

16.1 Gerhard und Clara setzen alles auf eine Karte

Als die Dämmerung über Hohenfeld hereinbrach, fanden sich Gerhard und Clara in der kleinen Bibliothek des ehrwürdigen Rathauses wieder. Der Raum war durchzogen von dem vertrauten Duft vergilbter Seiten, während die Stille nur gelegentlich durch das leise Rascheln von Papier unterbrochen wurde. Vor Gerhard lag das Tagebuch von Dr. Otto Warburg, und seine Augen funkelten vor Neugier und Entschlossenheit. Die Worte, die er las, waren mehr als bloße wissenschaftliche Theorien; sie waren ein Schlüssel zu einem Geheimnis, das das Potenzial hatte, die Welt zu verändern.

"Clara, ich habe das Gefühl, wir stehen an der Schwelle zu etwas Großem", sagte Gerhard und blickte auf. "Warburgs Erkenntnisse zur Zellbiologie könnten uns helfen, das Altern zu verstehen und vielleicht sogar zu beeinflussen." Sein Herz schlug schneller, während er die Möglichkeiten abwägte. "Doch wir müssen vorsichtig sein. Die ethischen Implikationen sind enorm."

Clara nickte, ihre Augen strahlten vor Begeisterung. "Ich verstehe, Gerhard. Aber wenn wir diese Theorien richtig anwenden, könnten wir Menschen helfen, die an altersbedingten Krankheiten leiden. Wir könnten echte Veränderungen bewirken!" Ihre Stimme war von Leidenschaft durchdrungen, und Gerhard spürte, wie sich die Energie zwischen ihnen auflud.

"Ja, aber was ist mit Viktor Adler? Er wird nicht zulassen, dass wir Warburgs Wissen für unsere Zwecke nutzen. Er sieht es als Bedrohung für seine eigenen Ambitionen", entgegnete Gerhard, während er sich zurücklehnte und nachdachte. Die Vorstellung, dass Adler seine Macht und seinen Einfluss nutzen könnte, um ihre Entdeckungen zu sabotieren, ließ ihn frösteln.

"Wir müssen einen Plan entwickeln", sagte Clara entschlossen. "Einen mutigen Plan, um Adlers Vorhaben zu vereiteln. Wir dürfen nicht zulassen, dass er Warburgs Wissen für seine eigenen, egoistischen Ziele missbraucht."

Gerhard nickte zustimmend. "Das ist der einzige Weg. Wir müssen zusammenarbeiten, um die Herausforderungen zu bewältigen, die sich uns stellen. Es wird nicht einfach, aber ich glaube, dass wir es schaffen können."

In diesem Moment überkam Gerhard eine Welle der Entschlossenheit. Die Dynamik zwischen ihm und Clara war stark, und er wusste, dass sie gemeinsam stark genug waren, um die bevorstehenden Herausforderungen zu meistern. "Lass uns zuerst die wichtigsten Punkte aus Warburgs Theorien zusammenfassen. Wir müssen die Grundlagen verstehen, bevor wir weitergehen", schlug er vor.

Clara holte ein Notizbuch hervor und begann, die zentralen Ideen niederzuschreiben. "Hier steht, dass Sauerstoff eine entscheidende Rolle im Krankheitsprozess spielt. Wenn wir das verstehen, können wir vielleicht neue Ansätze zur Behandlung entwickeln."

Gerhard beobachtete sie, fasziniert von ihrer Leidenschaft und ihrem Engagement. Es war, als würde sie das Feuer der Entdeckung in ihm neu entfachen. "Und was ist mit den Risiken? Wir müssen sicherstellen, dass wir nicht in moralische Grauzonen geraten", fügte er hinzu, während er über die möglichen Konsequenzen nachdachte.

"Ich verstehe deine Bedenken, Gerhard", antwortete Clara. "Aber wir können nicht einfach tatenlos zusehen, während andere die Macht über dieses Wissen missbrauchen. Wir müssen die Wahrheit ans Licht bringen und die Menschen aufklären."

Die Diskussion zwischen ihnen wurde intensiver, während sie die verschiedenen Aspekte von Warburgs Theorien durchgingen. Gerhard spürte, wie sich eine tiefe Verbindung zwischen ihnen entwickelte, während sie ihre Gedanken und Ideen austauschten. Es war nicht nur eine Zusammenarbeit; es war ein gemeinsames Streben nach Wahrheit.

"Wir müssen auch darüber nachdenken, wie wir unsere Entdeckungen präsentieren werden", sagte Gerhard schließlich. "Wenn wir die medizinische Gemeinschaft überzeugen wollen, müssen wir Beweise und klare Argumente liefern."

"Ich kann einige Experimente planen, um die Theorien zu testen", schlug Clara vor. "Wir könnten eine kleine Gruppe von Freiwilligen rekrutieren, um die Ergebnisse zu beobachten und zu dokumentieren."

Gerhard nickte. "Das klingt nach einem soliden Plan. Aber wir müssen auch darauf vorbereitet sein, dass Adler versuchen wird, uns zu stoppen. Er wird alles tun, um seine eigenen Interessen zu schützen."

"Das wissen wir", erwiderte Clara. "Aber wir haben etwas, das er nicht hat: die Wahrheit und die Entschlossenheit, sie zu verteidigen."

In diesem Moment spürte Gerhard, dass sie bereit waren, alles auf eine Karte zu setzen. Ihre Entschlossenheit war greifbar, und er wusste, dass sie gemeinsam die Herausforderungen bewältigen konnten, die vor ihnen lagen. Es war der Beginn einer gefährlichen, aber notwendigen Reise, und sie waren fest entschlossen, die Geheimnisse von Warburg zu entschlüsseln und die Welt zu verändern.

16.2 Ein riskantes Experiment mit Warburgs Wissen

Die Last, ein gewagtes Experiment zu wagen, drückte schwer auf Gerhards Schultern. Im schummrigen Licht seines Arbeitszimmers, umgeben von den vergilbten Seiten alter Bücher und dem Tagebuch von Dr. Otto Warburg, verspürte er die unaufhaltsame Dringlichkeit, die Geheimnisse zu entschlüsseln, die sein Leben so grundlegend geprägt hatten. Clara, die in der Ecke des Raumes stand, ihre Augen leuchtend vor Entschlossenheit, war die einzige, die seine innere Zerrissenheit wirklich nachvollziehen konnte.

"Gerhard, wir müssen es tun", sagte sie mit fester Stimme, als ob sie seine Gedanken lesen könnte. "Die Welt braucht das Wissen, das Warburg hinterlassen hat. Wir können nicht einfach zusehen, wie es in Vergessenheit gerät." Ihre Leidenschaft war ansteckend, doch Gerhard fühlte sich hin- und hergerissen. Die Vorstellung, sich auf unbekanntes Terrain zu begeben, erfüllte ihn mit Angst. Was, wenn sie etwas entdeckten, das die Grenzen der Ethik überschritt? Was, wenn sie die Natur des Lebens selbst herausforderten?

"Aber Clara, was ist, wenn wir scheitern? Was ist, wenn wir mehr Schaden anrichten, als wir heilen können?" Gerhard ließ seinen Blick über die Seiten des Tagebuchs wandern, die mit Warburgs Überlegungen zu Zellbiologie und Sauerstoff gespickt waren. Diese Theorien waren revolutionär, aber auch gefährlich. Die Möglichkeit, die menschliche Gesundheit zu beeinflussen, war verlockend, doch die Verantwortung, die damit einherging, war erdrückend.

Clara trat näher, ihre Hand auf seinen Arm legend. "Wir haben die Chance, etwas Großes zu bewirken. Warburg hat sein Leben der Wissenschaft gewidmet, und wir können seine Arbeit fortsetzen. Denk an all die Menschen, die leiden. Denk an die Hoffnung, die wir ihnen geben könnten." Ihre Augen funkelten vor Überzeugung, und Gerhard spürte, wie ihre Energie ihn ansteckte. Er wollte glauben, dass sie das Richtige taten, doch die Schatten seiner Vergangenheit schienen ihn festzuhalten.

In diesem Moment erinnerte er sich an die Worte seiner verstorbenen Frau, die oft gesagt hatte: "Manchmal muss man Risiken eingehen, um das Leben zu leben, das man sich wünscht." Diese Erinnerung war wie ein sanfter Schubs, der ihn dazu brachte, seine Ängste zu hinterfragen. War er nicht schon lange genug in der Stille des Alters gefangen? Hatte er nicht genug Zeit damit verbracht, über das Leben nachzudenken, ohne wirklich zu handeln?

"Vielleicht hast du recht", murmelte er schließlich, seine Stimme kaum mehr als ein Flüstern. "Aber wir müssen vorsichtig sein. Es gibt Grenzen, die wir nicht überschreiten dürfen." Clara nickte, und für einen kurzen Moment schien die Unsicherheit in seinem Herzen zu schwinden. Sie hatten einen Plan, und gemeinsam würden sie ihn umsetzen.

"Lass uns beginnen", sagte Clara, ihre Stimme fest und voller Entschlossenheit. "Wir müssen Warburgs Theorien genau studieren und einen Ansatz entwickeln, der sowohl sicher als auch effektiv ist." Gerhard fühlte, wie sich eine Welle der Hoffnung in ihm regte. Vielleicht war dies der Anfang einer neuen Reise, einer, die ihn nicht nur zu neuen Erkenntnissen führen würde, sondern auch zu einem tieferen Verständnis seiner selbst.

Doch während sie sich auf die bevorstehenden Herausforderungen vorbereiteten, nagte ein Gefühl der Unruhe an ihm. Was, wenn sie in die Fußstapfen von Viktor Adler traten, der bereit war, alles zu tun, um seine eigenen Ambitionen zu verwirklichen? Die Vorstellung, dass ihr Experiment in die falschen Hände geraten könnte, ließ ihn frösteln. Er wusste, dass sie sich auf einen gefährlichen Pfad begaben, und dennoch war da diese unbestimmte Sehnsucht, die ihn antrieb.

"Wir müssen unsere Werte im Auge behalten", sagte er, während er sich Clara zuwandte. "Ethische Grenzen sind wichtig. Wir dürfen nicht vergessen, dass wir mit Menschen arbeiten, nicht mit Objekten." Clara lächelte sanft, und in diesem Moment spürte Gerhard, dass sie gemeinsam stark genug waren, um die Herausforderungen zu meistern, die vor ihnen lagen.

"Gemeinsam werden wir das schaffen", antwortete sie und legte ihre Hand auf seine. "Wir werden die Geheimnisse von Warburg entschlüsseln und die Welt verändern – zum Besseren." Gerhard nickte, und während er in ihre Augen sah, spürte er, dass er bereit war, sich den Risiken zu stellen. Diese Reise würde ihn nicht nur als Wissenschaftler, sondern auch als Mensch verändern.

Mit einem letzten Blick auf das Tagebuch von Warburg, das nun in seinen Händen lag, wusste Gerhard, dass sie auf dem Weg zu etwas Größerem waren. Die Fragen, die sie beschäftigten, waren tief und komplex, doch die Hoffnung auf Entdeckung und Veränderung war stärker als die Angst vor dem Unbekannten. Gemeinsam würden sie das Risiko eingehen und die Geheimnisse lüften, die das Potenzial hatten, die Welt zu verändern.

16.3 Die Zeit drängt, und die Spannung steigt

Als die Dämmerung über Hohenfeld hereinbrach, saßen Gerhard und Clara in der kleinen Bibliothek, umgeben von den alten, staubigen Büchern, die unzählige Geheimnisse bewahrt hatten. Das sanfte Licht der untergehenden Sonne fiel durch die Fenster und malte goldene Muster auf den Tisch, wo das Tagebuch von Dr. Otto Warburg lag. Gerhard fühlte das Gewicht der Verantwortung auf seinen Schultern lasten. Die Worte, die er gelesen hatte, hallten in seinem Kopf wider, und mit jedem Satz, den er erneut durchging, wuchs die Dringlichkeit seiner Mission.

"Wir müssen schnell handeln, Gerhard", sagte Clara, ihre Stimme fest, doch von einer leisen Besorgnis durchzogen. "Adler wird nicht zögern, seine Pläne in die Tat umzusetzen. Wenn wir ihm nicht zuvorkommen, könnte es zu spät sein." Ihre Augen funkelten vor Entschlossenheit, und Gerhard erkannte die Angst hinter ihrer Entschlossenheit. Es war eine Angst, die auch ihn ergriff, während er an die möglichen Konsequenzen dachte, die aus Adlers Ambitionen resultieren könnten.

"Ja, du hast recht", antwortete Gerhard und schloss für einen Moment die Augen, um seine Gedanken zu ordnen. "Aber was, wenn wir scheitern? Was, wenn wir die Wahrheit nicht rechtzeitig ans Licht bringen können?" Diese Fragen nagten an ihm, und er fühlte sich, als kämpfe er gegen einen unsichtbaren Feind, dessen Macht und Einfluss er nicht vollständig begreifen konnte.

Clara legte eine Hand auf seinen Arm, ihre Berührung warm und beruhigend. "Wir haben Warburgs Wissen auf unserer Seite. Wenn wir seine Theorien richtig anwenden, könnten wir nicht nur Adler aufhalten, sondern auch die Welt verändern. Es gibt immer Hoffnung, Gerhard. Lass uns nicht vergessen, warum wir hier sind."

Gerhard nickte, während er ihre Worte in sich aufnahm. Der Gedanke, dass sie möglicherweise auf etwas gestoßen waren, das die Menschheit revolutionieren könnte, erfüllte ihn mit einem neuen Gefühl der Entschlossenheit. Doch gleichzeitig blieb die Ungewissheit, die in der Luft hing, wie ein drohendes Gewitter. "Was, wenn wir nicht bereit sind für die Konsequenzen? Was, wenn das Wissen, das wir erlangen, mehr Schaden anrichtet als Nutzen bringt?"

"Wir können nicht im Schatten der Angst leben", erwiderte Clara, und ihre Stimme wurde eindringlicher. "Das Leben ist voller Risiken, und manchmal müssen wir uns dem Unbekannten stellen, um das Licht zu finden. Wir müssen Adlers Pläne vereiteln, bevor es zu spät ist."

Gerhard spürte, wie sich in ihm eine Welle des Mutes regte. Clara hatte recht. Sie standen an einem Scheideweg, und die Entscheidungen, die sie jetzt trafen, würden nicht nur ihr eigenes Schicksal bestimmen, sondern auch das vieler anderer. Er atmete tief ein und ließ die frische Luft seine Lungen füllen, als würde er sich von der Schwere der letzten Tage befreien.

"Lass uns einen Plan schmieden", sagte er schließlich, seine Stimme fest und entschlossen. "Wir müssen alles tun, um Warburgs Wissen zu schützen und sicherzustellen, dass es nicht in die falschen Hände gerät."

Clara lächelte, und in diesem Moment fühlte Gerhard, dass sie nicht allein waren. Gemeinsam würden sie die Herausforderungen meistern, die vor ihnen lagen. Sie hatten die Kraft der Wahrheit auf ihrer Seite, und das gab ihnen Hoffnung.

Doch während sie ihren Plan ausarbeiteten, schlich sich ein weiteres Gefühl in Gerhards Geist – die ständige Erinnerung an die tickende Uhr. Die Zeit drängte, und die Schatten von Adlers Ambitionen schienen sich über sie zu legen. Jeder Moment zählte, und die Fragen, die sie sich stellten, wurden drängender. Was, wenn sie nicht schnell genug waren? Was, wenn die Wahrheit, die sie suchten, bereits verloren war?

Die Nacht brach herein, und die Dunkelheit umhüllte Hohenfeld wie ein schützender Mantel. Doch in Gerhards Herzen brannte ein Licht – ein Licht der Entschlossenheit, das ihn antrieb, die Geheimnisse zu enthüllen, die das Potenzial hatten, alles zu verändern. Er wusste, dass die Reise, die vor ihnen lag, gefährlich sein würde, aber er war bereit, sich den Herausforderungen zu stellen. Zusammen mit Clara würde er alles riskieren, um die Wahrheit ans Licht zu bringen.

17
Die Entscheidung des Lebens

17.1 Gerhard muss sich entscheiden, was er will

Ein sanfter Schleier der Dämmerung legte sich über Hohenfeld, während die Schatten der ehrwürdigen Bäume im warmen Licht der sinkenden Sonne tanzten. Auf einer Parkbank sitzend, umgeben von den vertrauten Klängen des kleinen Städtchens, das ihm seit 109 Jahren Heimat war, spürte Gerhard Lichtenfels, dass heute alles anders war. Ein innerer Sturm tobte in ihm, während er über die vergangenen Tage nachgrübelte. Das geheimnisvolle Tagebuch von Dr. Otto Warburg hatte sein Leben auf den Kopf gestellt und Fragen aufgeworfen, die er nicht länger ignorieren konnte.

Gerhard starrte auf die vergilbten Seiten des Tagebuchs, die er immer noch in seiner Tasche trug. Die Worte, die er gelesen hatte, waren wie ein unerwarteter Lichtstrahl in sein Leben getreten. Sie hatten ihn mit Wissen konfrontiert, das sowohl faszinierend als auch beängstigend war. Die Theorien über Zellbiologie und die Rolle von Sauerstoff bei Krankheiten schienen ihm eine Möglichkeit zu bieten, das Altern zu verstehen – vielleicht sogar zu beeinflussen. Doch mit diesem Wissen kam auch eine gewaltige Verantwortung.

Sein Blick wanderte über den Park, wo Kinder spielten und Paare Hand in Hand spazierten. Inmitten dieser Normalität fühlte sich Gerhard wie ein Fremder. Er war nicht nur ein alter Mann, der die Zeit beobachtete; er war ein Träger eines Geheimnisses, das die Welt verändern könnte. Aber zu welchem Preis? Der Gedanke an Viktor Adler, den charismatischen Widersacher, der bereit war, alles zu tun, um Warburgs Wissen für seine eigenen Zwecke zu nutzen, ließ ihn frösteln. Gerhard wusste, dass er sich entscheiden musste, ob er den Kampf aufnehmen oder sich zurückziehen wollte.

Clara Weiss, die junge Biologin, die an seiner Seite stand, war ein Lichtblick in dieser dunklen Zeit. Ihre Leidenschaft für alternative Medizin und ihr unerschütterlicher Glaube an die Kraft der Natur hatten ihn inspiriert. Doch auch ihre Überzeugungen standen auf dem Spiel. Gerhard fragte sich, ob er bereit war, sie in diese gefährliche Auseinandersetzung hineinzuziehen. Was würde passieren, wenn er sich entschied, den Weg des Wissens zu gehen? Würde er Clara und David, seinen Enkel, in Gefahr bringen?

Die Entscheidung, die vor ihm lag, war nicht nur eine Frage des Wissens, sondern auch eine Frage der Ethik. Gerhard erinnerte sich an die Gespräche, die er mit Clara geführt hatte. Sie hatten oft über die Verantwortung gesprochen, die mit wissenschaftlichen Entdeckungen einherging. "Wissen ist Macht, aber es kann auch Zerstörung bringen", hatte sie gesagt. Diese Worte hallten in seinem Kopf wider, während er über die möglichen Konsequenzen seiner Wahl nachdachte.

"Was bedeutet es wirklich, jung zu sein?" hatte er sich gefragt, als er durch den Park schlenderte. Die Frage hing schwer in der Luft, und er spürte, dass jede Antwort auch einen Preis hatte. Die Vorstellung, dass er die Möglichkeit hatte, das Altern zu beeinflussen, war verlockend, doch gleichzeitig war da die Angst vor den Unbekannten, die mit dieser Macht einhergingen. Gerhard wusste, dass er sich seinen Ängsten stellen musste, um die richtige Entscheidung zu treffen.

In diesem Moment wurde ihm klar, dass er nicht nur für sich selbst entscheiden musste. Seine Wahl würde auch Auswirkungen auf Clara und David haben. Die Verantwortung, die er trug, war erdrückend. Er konnte nicht einfach so weitermachen wie bisher, als ob nichts geschehen wäre. Die Entdeckung von Warburgs Theorien hatte eine Kettenreaktion ausgelöst, die nicht mehr aufzuhalten war. Gerhard spürte, dass er an einem Wendepunkt seines Lebens stand.

Er blickte auf die goldenen Blätter der Bäume, die im Wind tanzten, und atmete tief ein. Vielleicht war es an der Zeit, sich von der Vergangenheit zu lösen und einen neuen Weg einzuschlagen. Doch was, wenn dieser Weg ihn von Clara und David wegführen würde? Die Gedanken über Verlust und Trennung schmerzten ihn. Er wollte nicht der Grund sein, warum Clara und David in Gefahr gerieten.

Die Entscheidung, die vor ihm lag, war mehr als nur eine Wahl zwischen Wissen und Ignoranz. Es war eine Frage des Herzens. Gerhard wusste, dass er sich seinen Ängsten stellen musste, um die Wahrheit zu finden. Doch die Frage blieb: Was war er bereit zu opfern, um die Geheimnisse zu enthüllen, die Warburg hinterlassen hatte? Die Dämmerung um ihn herum wurde dunkler, und mit jedem Atemzug spürte er das Gewicht seiner Verantwortung.

In diesem entscheidenden Moment wurde ihm klar, dass er nicht nur für sich selbst entscheiden konnte. Die Wahl, die er traf, würde die Zukunft vieler Menschen beeinflussen. Und so saß er dort, gefangen zwischen der Sehnsucht nach Wissen und der Angst vor den Konsequenzen, während die Schatten der Nacht über Hohenfeld fielen.

17.2 Die Konsequenzen seiner Wahl werden deutlich

In seinem kleinen, behaglichen Arbeitszimmer, durchflutet von der goldenen Abendsonne, saß Gerhard und ließ seinen Blick über die Wände gleiten, auf denen die sanften Schatten der Bäume vor dem Fenster tanzten. Diese flüchtigen Muster erinnerten ihn an die vergängliche Natur der Zeit. In seinen Händen hielt er das Tagebuch von Dr. Otto Warburg, dessen Worte ihn in eine Welt voller Möglichkeiten und gleichzeitig voller Gefahren entführt hatten. Ein drängendes Gefühl nagte an ihm – die Konsequenzen seiner Entscheidungen begannen sich zu manifestieren.

Die Entdeckungen, die er gemacht hatte, waren nicht nur wissenschaftlicher Natur; sie berührten auch die tiefsten Ängste und Hoffnungen seines Lebens. Warburgs Theorien über die Rolle des Sauerstoffs im Krankheitsprozess eröffneten ihm neue Perspektiven auf das Altern und die Gesundheit. Doch je mehr er darüber nachdachte, desto klarer wurde ihm, dass dieses Wissen auch eine Verantwortung mit sich brachte, die er nicht ignorieren konnte. Was, wenn seine Entdeckungen in die falschen Hände fielen? Was, wenn er selbst nicht bereit war, die ethischen Dilemmata zu bewältigen, die sich aus seinem Wissen ergaben?

Gerhard erinnerte sich an die leidenschaftlichen Diskussionen mit Clara, der jungen Biologin, die an seiner Seite stand. Ihre Überzeugung, dass natürliche Heilmethoden eine Antwort auf die Herausforderungen des Alterns bieten könnten, war für ihn sowohl inspirierend als auch herausfordernd. Er hatte ihre Ideen oft in Frage gestellt, doch nun begann er, ihre Sichtweise zu verstehen. Vielleicht war es an der Zeit, seine eigenen Überzeugungen zu hinterfragen und offen für neue Ansätze zu sein. Aber was würde das für seine Beziehung zu Clara bedeuten? Würde er ihre Loyalität gefährden, indem er sich auf unbekanntes Terrain begab?

Die Gedanken an Viktor Adler, den charismatischen Antagonisten, schlichen sich unweigerlich in sein Bewusstsein. Adler war ein Mann voller Ambitionen, der bereit war, alles zu tun, um die Geheimnisse von Warburg für seine eigenen Zwecke zu nutzen. Gerhard fühlte sich von Adlers Macht und Einfluss angezogen, aber gleichzeitig auch abgestoßen von der Kälte, die dieser ausstrahlte. Die Vorstellung, dass Adler möglicherweise die gleichen Entdeckungen machen könnte, die Gerhard so sehr beschäftigten, ließ ihn frösteln. Was, wenn Adler die Erkenntnisse über die Zellbiologie dazu nutzen würde, Menschen zu manipulieren oder gar zu schädigen? Die ethischen Fragen, die sich aus dieser Möglichkeit ergaben, ließen Gerhard nicht los.

Ein innerer Konflikt tobte in ihm. Sollte er das Wissen, das er erlangt hatte, mit der Welt teilen und riskieren, dass es in die falschen Hände geriet? Oder sollte er es für sich behalten und damit die Möglichkeit verpassen, vielleicht das Leben vieler Menschen zu verbessern? Die Verantwortung, die mit seinem Wissen einherging, war erdrückend. Gerhard fühlte sich wie ein Schachspieler, der vor einem entscheidenden Zug stand, dessen Konsequenzen er nicht vollständig überblicken konnte.

In diesem Moment der Reflexion wurde ihm klar, dass er sich auf eine gefährliche Reise begeben hatte. Die Entdeckungen, die er gemacht hatte, könnten nicht nur sein eigenes Leben verändern, sondern auch das Leben anderer Menschen. Er dachte an seinen Enkel David, der ihm oft die Augen für neue Perspektiven geöffnet hatte. David hatte ihn dazu ermutigt, die Dinge anders zu betrachten, und jetzt, mehr denn je, brauchte Gerhard diese frische Sichtweise. Was würde David denken, wenn er wüsste, dass sein Großvater in einem moralischen Dilemma gefangen war, das weit über persönliche Ambitionen hinausging?

Gerhard atmete tief ein und versuchte, seine Gedanken zu ordnen. Die Dringlichkeit seiner Situation war überwältigend. Er wusste, dass er eine Entscheidung treffen musste, und zwar bald. Die Zeit drängte, und jede Sekunde, die verstrich, ließ die Gefahr wachsen, dass sein Wissen missbraucht werden könnte. Die Themen von Verantwortung und den Konsequenzen seiner Handlungen wurden für ihn greifbar. Er war nicht nur ein einfacher Mann, der die Geheimnisse des Alterns entschlüsseln wollte; er war ein Hüter von Wissen, das potenziell Leben retten oder zerstören konnte.

Gerhard erhob sich und ging zum Fenster. Der Blick auf die malerische Landschaft Hohenfelds gab ihm einen Moment der Ruhe. Die Schönheit der Natur erinnerte ihn daran, dass das Leben, trotz aller Herausforderungen, auch voller Wunder war. Doch in diesem Moment wusste er, dass er sich entscheiden musste, welchen Weg er einschlagen wollte. Die Konsequenzen seiner Wahl würden nicht nur ihn betreffen, sondern auch die Menschen, die ihm am Herzen lagen. Mit einem letzten Blick auf das Tagebuch in seinen Händen, bereitete er sich darauf vor, den ersten Schritt auf seiner gefährlichen Reise zu wagen.

17.3 Ein emotionaler Abschied von der Vergangenheit

Als die Dämmerung über Hohenfeld hereinbrach, hüllte sie Gerhard in eine stille Reflexion, die ihn tief in seinen Gedanken gefangen hielt. Auf der Veranda seines kleinen Hauses sitzend, umgeben von den vertrauten Klängen des Städtchens, fühlte er die sanfte Umarmung der Schatten seiner Vergangenheit. Erinnerungen an verlorene Momente und verpasste Chancen schwebten um ihn wie ein zarter Nebel, der ihn sowohl tröstete als auch quälte. Doch heute war alles anders. Heute war er bereit, diesen Schatten ins Licht zu rücken.

Die letzten Tage hatte Gerhard damit verbracht, das Tagebuch von Dr. Otto Warburg zu studieren, dessen Worte wie ein Schlüssel zu einem verborgenen Schatz waren. Sie eröffneten ihm nicht nur neue Perspektiven auf das Altern, sondern warfen auch Fragen auf, die tief in seiner Seele verwurzelt waren. Er dachte an die vielen Jahre, die er gelebt hatte, an die Freuden und das Leid, die ihn geprägt hatten. In diesem Moment der Einsicht erkannte er, dass jede Erfahrung, jede Entscheidung, die er getroffen hatte, ihn zu dem gemacht hatte, was er heute war.

"Ich habe so viel gelernt", murmelte er leise, während sein Blick auf die blühenden Blumen in seinem Garten fiel. "Jede Blüte erzählt eine Geschichte, jede Farbe ein Gefühl." Diese Gedanken erfüllten ihn mit einer neuen Wertschätzung für das Leben. Gerhard begann zu verstehen, dass es nicht nur um die Suche nach ewiger Jugend ging, sondern um die Akzeptanz des Alterns als Teil eines größeren Ganzen. Die Schönheit des Lebens lag nicht in der Unsterblichkeit, sondern in der Tiefe der Erfahrungen, die man sammelte.

Die Erinnerungen, die ihn einst belastet hatten, verwandelten sich allmählich in Lektionen. Der Verlust seiner geliebten Frau und die Herausforderungen, die er im Laufe der Jahre überwunden hatte, wurden zu Bausteinen seiner Identität. Er dachte an Clara, die ihn inspiriert hatte, und an David, dessen frische Perspektiven ihm halfen, die Welt mit neuen Augen zu sehen. In ihrer Nähe fühlte er sich lebendig, als ob die Jugend nicht nur ein physischer Zustand, sondern auch eine geistige Haltung war.

Gerhard schloss die Augen und atmete tief ein. Der Duft der frischen Erde und der blühenden Pflanzen um ihn herum war berauschend. Es war, als würde die Natur ihm zurufen: "Du bist nicht allein." Diese Erkenntnis durchdrang ihn mit einer tiefen Ruhe. Er war bereit, sich den Herausforderungen zu stellen, die sich aus seinen Entdeckungen ergaben. Die ethischen Dilemmata, die er in Bezug auf Warburgs Theorien und Adlers Ambitionen hatte, waren nicht mehr nur Belastungen, sondern Möglichkeiten zur Veränderung.

"Ich werde nicht zulassen, dass die Angst vor dem Unbekannten mich zurückhält", sagte er entschlossen. "Ich werde die Wahrheit suchen, egal wo sie mich hinführt." Diese Entschlossenheit erfüllte ihn mit neuer Energie. Er wusste, dass der Weg vor ihm steinig sein würde, aber er war bereit, ihn zu gehen. Das Streben nach Wahrheit war kein einsamer Weg; er hatte Clara und David an seiner Seite, und gemeinsam würden sie die Geheimnisse entschlüsseln, die Warburg hinterlassen hatte.

Gerhard öffnete die Augen und blickte in den klaren Himmel, der sich über Hohenfeld spannte. Die Sterne begannen zu funkeln, und er fühlte sich, als würde jeder einzelne von ihnen ihm Mut zusprechen. "Es gibt noch so viel zu entdecken", dachte er, und ein Lächeln breitete sich auf seinem Gesicht aus. In diesem Moment der Klarheit und Hoffnung wusste er, dass er nicht nur Frieden mit seiner Vergangenheit gefunden hatte, sondern auch mit seiner Zukunft.

Als er sich erhob und ins Haus trat, spürte er die Wärme des Feuers, das in seinem Kamin brannte. Es war ein Symbol für die Wärme, die er in seinem Herzen trug – die Liebe zu den Menschen, die ihn umgaben, und die Erinnerungen, die ihn begleiteten. Gerhard war bereit, die nächste Etappe seiner Reise anzutreten, nicht als ein Mann, der vor der Zeit flüchtete, sondern als jemand, der das Leben in all seinen Facetten umarmte. Mit jedem Schritt, den er tat, wusste er, dass er nicht allein war in seinem Streben nach Wahrheit und Verständnis.

18
Ein neues Verständnis des Lebens

18.1 Gerhard findet Frieden mit dem Altern

In der sanften Dämmerung von Hohenfeld, wo die Schatten der ehrwürdigen Bäume über die gepflasterten Straßen tanzten, saß Gerhard Lichtenfels auf einer Parkbank und ließ seinen Blick über die vorbeiziehenden Wolken gleiten. Mit 109 Jahren war er in einem Alter angekommen, das ihm einst fern erschien. Während er die sich wandelnden Formen am Himmel betrachtete, reflektierte er über die Veränderungen in seinem eigenen Leben. Der Gedanke an das Altern, der ihn lange gequält hatte, begann allmählich, sich in etwas anderes zu verwandeln – in eine Art Frieden.

Gerhard erinnerte sich an die Tage seiner Jugend, als er voller Energie und Ambitionen war. Damals schien das Altern ein ferner Horizont zu sein, ein Konzept, das er nicht ernst nehmen wollte. Doch jetzt, da er in die späten Jahre seines Lebens eingetreten war, wurde ihm klar, dass das Altern nicht nur unvermeidlich, sondern auch eine natürliche Realität war. Es war eine Reise, die jeder Mensch antreten musste, und je mehr er darüber nachdachte, desto mehr begann er, die Schönheit und den Wert des Lebens zu schätzen.

Er schloss die Augen und ließ die Erinnerungen an seine Vergangenheit in ihm aufsteigen. Die Momente des Glücks, die schmerzhaften Verluste, die Liebe, die er gegeben und empfangen hatte – all diese Erfahrungen hatten ihn geprägt. In der Stille des Parks konnte er die Stimmen seiner verstorbenen Freunde und Angehörigen hören, die ihn ermutigten, das Leben zu umarmen, so wie es war. "Das Leben ist ein Geschenk", hatte seine Mutter oft gesagt, und jetzt verstand er, was sie gemeint hatte.

Die ersten Strahlen der Abendsonne schickten goldene Lichtstrahlen durch die Bäume und malten ein warmes Bild auf die Erde. Gerhard öffnete die Augen und sah, wie die Farben des Sonnenuntergangs sich veränderten, und mit ihnen seine eigene Sicht auf das Leben. Er fühlte sich, als ob er in einem Zustand der Erneuerung war, als ob er die Last des Alterns ablegen könnte, um Platz für neue Einsichten zu schaffen. Es war, als ob die Natur selbst ihm einen sanften Schubs gab, um weiterzugehen.

Doch trotz dieser neu gewonnenen Perspektive spürte Gerhard auch eine gewisse Besorgnis. Die Entdeckung des Tagebuchs von Dr. Otto Warburg hatte seine Welt auf den Kopf gestellt. Die Theorien über Zellbiologie und die Rolle von Sauerstoff bei Krankheiten waren nicht nur faszinierend, sondern auch herausfordernd. Sie stellten Fragen auf, die er sich nicht einmal zu stellen gewagt hatte. Was bedeutete es, die Geheimnisse des Lebens zu entschlüsseln? Und welche Verantwortung kam mit diesem Wissen?

Die Gedanken an Warburgs Entdeckungen ließen ihn nicht los. Je mehr er darüber nachdachte, desto mehr wurde ihm bewusst, dass das Streben nach ewiger Jugend auch ethische Dilemmata mit sich brachte. War es richtig, gegen die Natur zu kämpfen? War es moralisch vertretbar, die Gesetze des Lebens zu ignorieren, nur um die Jugend zurückzugewinnen? Diese Fragen nagten an ihm und ließen ihn nicht zur Ruhe kommen.

Gerhard atmete tief ein und ließ die frische Luft in seine Lungen strömen. Er spürte, wie die kühle Brise seine Sorgen forttrug. Vielleicht war es an der Zeit, Frieden mit dem Altern zu schließen und die Herausforderungen des Lebens zu akzeptieren. Vielleicht war das Altern nicht das Ende, sondern ein neuer Anfang – eine Gelegenheit, die Weisheit und die Lektionen, die er im Laufe der Jahre gesammelt hatte, zu nutzen, um anderen zu helfen.

Mit einem neuen Gefühl der Entschlossenheit stand Gerhard auf und machte sich auf den Weg nach Hause. Die Gedanken an Warburgs Theorien und die ethischen Fragen, die sie aufwarfen, waren noch immer präsent, aber sie schienen nicht mehr so erdrückend. Stattdessen fühlte er sich, als ob er auf einer gefährlichen Reise war, die ihn zu neuen Erkenntnissen führen würde. Er war bereit, sich den Herausforderungen zu stellen, die vor ihm lagen, und das Leben in all seinen Facetten zu umarmen.

Als er die vertrauten Straßen von Hohenfeld entlangging, bemerkte er die kleinen Dinge, die er oft übersehen hatte – das Lächeln eines Kindes, das Lachen von Freunden, die Schönheit der Natur um ihn herum. In diesen Momenten fand er Trost und Freude. Gerhard wusste, dass er auf dem richtigen Weg war, und dass er, egal was kommen mochte, die Kraft in sich hatte, die Herausforderungen des Lebens anzunehmen. Der Frieden mit dem Altern war nicht nur eine Erkenntnis, sondern eine Entscheidung, die er getroffen hatte, um das Leben in seiner vollen Pracht zu leben.

1.2 Lektionen über das Leben und die Jugend

In seinem kleinen, behaglichen Sessel versank Gerhard, umgeben von den vertrauten Silhouetten der Bücherregale, die seine Erinnerungen hüteten. Der Geruch von vergilbtem Papier und die sanften Strahlen der Nachmittagssonne, die durch das Fenster strömten, erzeugten eine Atmosphäre der Stille. Doch in seinem Inneren tobte ein Sturm. Während er über die Lektionen nachsann, die ihm das Leben erteilt hatte, wurde ihm klar, dass das Streben nach ewiger Jugend nicht nur mit Hoffnungen, sondern auch mit tiefen Ängsten und Schattenseiten verknüpft war.

In den letzten Tagen hatte er intensiv über die Theorien von Dr. Warburg nachgedacht, die er in einem Tagebuch entdeckt hatte. Diese Entdeckungen hatten in ihm eine Flut von Fragen entfesselt, die ihn nicht losließen. Was bedeutete es wirklich, jung zu sein? War es lediglich die Abwesenheit von Alter oder gab es mehr? Die Gedanken über die Vergänglichkeit des Lebens und die Sehnsucht nach ewiger Jugend verwoben sich in seinem Geist zu einem komplexen Netz aus Zweifeln und Überlegungen.

Gerhard erinnerte sich an seine Jugend, an die unbeschwerten Tage, als er voller Energie und Träume war. Er hatte geglaubt, das Leben sei endlos, dass er die Welt erobern könnte. Doch mit jedem Jahr, das verging, hatte er die Schattenseiten des Alterns kennengelernt. Verlust, Trauer und die unaufhaltsame Zeit, die jeden von uns formt und verändert. In diesen Erinnerungen lag eine bittersüße Melancholie, die ihn dazu brachte, über die Entscheidungen nachzudenken, die er getroffen hatte.

"Was habe ich aus all dem gelernt?" murmelte er leise vor sich hin. "Habe ich die richtigen Entscheidungen getroffen?" Die Fragen schienen ihn zu verfolgen, während er die Bilder seiner Vergangenheit durchlebte. Er dachte an die Menschen, die er geliebt hatte, und an die Momente, die ihn geprägt hatten. Jedes Lächeln, jede Träne, jede Entscheidung – sie alle hatten ihn zu dem gemacht, was er heute war.

Doch das Streben nach ewiger Jugend erschien ihm nun wie ein gefährlicher Trugschluss. Es war nicht nur der Wunsch, die Zeit zurückzudrehen, sondern auch die Angst vor dem, was verloren gehen könnte. Gerhard fühlte sich hin- und hergerissen zwischen dem Verlangen, die Geheimnisse des Lebens zu entschlüsseln, und der Erkenntnis, dass einige Dinge einfach akzeptiert werden mussten. Das Altern war ein Teil des Lebens, und vielleicht war es an der Zeit, Frieden damit zu schließen.

Die Gedanken an Viktor Adler, den charismatischen Widersacher, schlichen sich in seine Überlegungen. Adler schien bereit zu sein, alles zu tun, um die Jugend zurückzugewinnen, ohne die Konsequenzen zu bedenken. Gerhard spürte, dass Adlers Streben nach Macht und Kontrolle über das Leben nicht nur gefährlich, sondern auch zutiefst unmoralisch war. Diese Erkenntnis führte zu einem inneren Konflikt, der ihn dazu zwang, seine eigenen Werte und Überzeugungen zu hinterfragen.

"Kann ich wirklich für das kämpfen, was ich für richtig halte?" fragte er sich. Die Vorstellung, dass er möglicherweise auf einer gefährlichen Reise war, die nicht nur ihn, sondern auch die Menschen, die er liebte, betreffen könnte, erfüllte ihn mit Angst. Die Verantwortung, die mit Wissen einherging, lastete schwer auf seinen Schultern. Was, wenn seine Entdeckungen nicht nur Hoffnung, sondern auch Zerstörung bringen würden?

In diesem Moment der Reflexion wurde ihm klar, dass er nicht nur für sich selbst kämpfte, sondern auch für die, die nach ihm kommen würden. Er wollte die Lektionen, die er gelernt hatte, weitergeben, um anderen zu helfen, die Herausforderungen des Lebens zu meistern. Es war an der Zeit, seine Ängste zu konfrontieren und sich der Wahrheit zu stellen, die in den Seiten von Warburgs Tagebuch verborgen lag.

Gerhard wusste, dass er sich auf eine gefährliche Reise begeben hatte, aber er war entschlossen, die Schattenseiten des Lebens zu akzeptieren und die Lektionen, die er gelernt hatte, zu nutzen, um das Licht der Hoffnung zu finden. Mit einem tiefen Atemzug stand er auf, bereit, sich den Herausforderungen zu stellen, die vor ihm lagen. Es war Zeit, die Geheimnisse des Lebens zu enthüllen und die wahre Bedeutung von Jugend und Altern zu entdecken.

18.3 Ausblick auf die Zukunft und neue Möglichkeiten

Am Fenster seines kleinen, bescheidenen Hauses in Hohenfeld stand Gerhard und ließ seinen Blick über den Sonnenuntergang gleiten, der den Himmel in ein warmes, goldenes Licht tauchte. Dieser Anblick hatte ihn oft gefesselt, doch heute war alles anders. Er fühlte sich nicht länger als bloßer Zuschauer seines Lebens, sondern als aktiver Teilnehmer, bereit, die Herausforderungen anzunehmen, die vor ihm lagen. Die Entdeckungen aus Warburgs Tagebuch hatten in ihm eine Flamme entfacht, die lange Zeit im Schatten seiner Erinnerungen verborgen gewesen war.

Die Worte des Tagebuchs hallten in seinem Kopf wider, wie ein Echo aus einer anderen Zeit. Sie sprachen von der Macht des Wissens, von der Verantwortung, die damit einherging, und von der Möglichkeit, das Altern nicht nur zu akzeptieren, sondern aktiv zu gestalten. Gerhard hatte sich oft gefragt, was es bedeutete, jung zu sein, und jetzt, mit den neuen Erkenntnissen, begann er zu verstehen, dass Jugend nicht nur ein physischer Zustand war, sondern auch eine Geisteshaltung. Es war die Fähigkeit, sich den Herausforderungen des Lebens zu stellen, egal wie alt man war.

In diesem Moment überkam ihn ein Gefühl der Erneuerung. Er dachte an Clara, die ihn ermutigt hatte, neue Perspektiven zu entdecken. Ihre Leidenschaft für alternative Heilmethoden und ihre unerschütterliche Überzeugung, dass die Natur die Antworten auf viele Fragen bereithielt, hatten ihn inspiriert. Gemeinsam hatten sie nicht nur Warburgs Theorien entschlüsselt, sondern auch einen Weg gefunden, um die Schönheit des Lebens zu schätzen, selbst in seinen vergänglichen Momenten.

Gerhard erinnerte sich an die Gespräche mit David, seinem Enkel, der ihm die Augen für die pragmatischen Aspekte des Lebens geöffnet hatte. David hatte ihn herausgefordert, seine Traditionen zu hinterfragen und neue Wege zu gehen. Diese Interaktionen hatten Gerhard nicht nur zum Nachdenken angeregt, sondern auch seine Sicht auf das Altern und die damit verbundenen Herausforderungen verändert. Er fühlte sich nicht mehr wie ein Relikt der Vergangenheit, sondern wie ein Pionier, der bereit war, neue Horizonte zu erkunden.

Mit einem tiefen Atemzug wandte sich Gerhard von dem Fenster ab und ließ seinen Blick durch den Raum schweifen. Hier waren die Erinnerungen, die ihn geprägt hatten, und hier waren die neuen Möglichkeiten, die auf ihn warteten. Das Tagebuch von Dr. Otto Warburg war nicht nur ein Dokument wissenschaftlicher Entdeckungen; es war ein Schlüssel zu einem neuen Verständnis des Lebens. Ein Verständnis, das ihn dazu ermutigte, aktiv an seiner eigenen Geschichte mitzuwirken.

Die Herausforderungen, die vor ihm lagen, waren nicht zu unterschätzen. Viktor Adler, der charismatische Antagonist, war noch immer eine Bedrohung, und seine Ambitionen, Warburgs Wissen für seine eigenen Zwecke zu nutzen, schwebten wie ein dunkler Schatten über Gerhards neuem Lebensweg. Doch anstatt sich von dieser Angst lähmen zu lassen, spürte Gerhard eine Welle der Entschlossenheit in sich aufsteigen. Er wusste, dass er nicht allein war. Clara und David standen an seiner Seite, bereit, gemeinsam gegen die Dunkelheit zu kämpfen.

Gerhard lächelte bei dem Gedanken an die kommenden Tage. Es würde nicht einfach werden, aber er war bereit, sich den Herausforderungen zu stellen. Die Erkenntnisse, die er gewonnen hatte, waren nicht nur für ihn selbst von Bedeutung, sondern könnten auch anderen helfen, die Schönheit und den Wert ihrer eigenen Erfahrungen zu erkennen. Er fühlte sich wie ein Teil eines größeren Ganzen, einer Gemeinschaft von Suchenden, die nach Wahrheit und Verständnis strebten.

In diesem Moment wurde ihm klar, dass er sich auf eine gefährliche Reise begeben hatte, aber es war eine Reise, die ihn zu einem tieferen Verständnis seiner selbst und der Welt um ihn herum führen würde. Mit jedem Schritt, den er tat, würde er die Möglichkeit haben, nicht nur sein eigenes Leben zu verändern, sondern auch das Leben anderer. Und das war eine Aussicht, die ihn mit Hoffnung erfüllte.

Gerhard trat hinaus in die kühle Abendluft, bereit, die nächsten Schritte zu wagen. Die Sterne funkelten am Himmel, und er wusste, dass jeder von ihnen eine Möglichkeit darstellte – eine Chance zur Erneuerung, zur Veränderung und zur Entdeckung. Er war bereit, die Herausforderungen anzunehmen, die das Leben für ihn bereithielt, und er wusste, dass er auf dem richtigen Weg war.

In dem malerischen Städtchen Hohenfeld, wo die Zeit wie in einem sanften Traum verweilt, lebt der 109-jährige Gerhard Lichtenfels. Trotz seines hohen Alters hat er den Lebenswillen nie verloren und ist fest entschlossen, die Geheimnisse zu lüften, die sein langes Leben geprägt haben. Als er auf das geheimnisvolle Tagebuch des brillanten Wissenschaftlers Dr. Otto Warburg stößt, wird seine Welt auf den Kopf gestellt. Warburgs bahnbrechende Entdeckungen über Zellbiologie und die Rolle von Sauerstoff bei Krankheiten stellen nicht nur die medizinische Gemeinschaft in Frage, sondern auch Gerhards eigene Überzeugungen über Altern und Gesundheit. Gerhard findet sich bald in einem Wettlauf gegen den charismatischen Antagonisten Viktor Adler wieder, der Warburgs Wissen als Bedrohung für seine ehrgeizigen Pläne zur Wiederherstellung der Jugendlichkeit ansieht. Während ihre Wege sich kreuzen, entfaltet sich ein komplexes Netz aus Loyalität und Verrat. An seiner Seite steht Clara Weiss, eine junge Biologin mit einer Leidenschaft für alternative Medizin; ihr unerschütterlicher Glaube an natürliche Heilmethoden inspiriert Gerhard und gibt ihm neue Hoffnung. Sein Enkel David bringt frische Perspektiven in das altehrwürdige Wissen ein und stellt Fragen, die Gerhard zum Nachdenken anregen. Die Suche nach Wahrheit führt ihn durch moralische Dilemmata über Ethik in der Wissenschaft und die Konsequenzen des Eingreifens in den natürlichen Lauf des Lebens. Inmitten dieser Spannungen muss Gerhard entscheiden, was es wirklich bedeutet, jung zu sein – eine Frage, die ihn durch seine Erinnerungen an vergangene Entscheidungen begleitet. Als sich die Ereignisse zuspitzen und Gerhard tiefer in Warburgs Theorien eintaucht, wird er mit seinen eigenen Ängsten konfrontiert: Was ist der Preis für ewige Jugend? Kann man das Altern besiegen oder ist es eine unvermeidliche Realität? Die Antworten scheinen sowohl Licht als auch Schatten zu bringen – Erkenntnisse voller Hoffnung und zugleich beunruhigender Wahrheiten. In dieser fesselnden Mischung aus Drama und Mystery wird Gerhards Reise nicht nur zu einer Enthüllung von Geheimnissen; sie verwandelt sich auch in eine tiefgründige Reflexion über das Leben selbst – ein Abenteuer zwischen Vergangenheit und Zukunft im ständigen Streben nach Verständnis und Erneuerung.

© 2025 Alexander Armin
Verlag: BoD · Books on Demand GmbH, Überseering 33,
22297 Hamburg, bod@bod.de
Druck: Libri Plureos GmbH, Friedensallee 273, 22763 Hamburg
ISBN: 978-3-8192-4742-2